從羅近溪「一陽之氣」
到李贄、湯顯祖文藝思想
——以中國氣論為研究進路看古典文論

張美娟　著

臺灣 學と書局 印行

序

　　古典文論是一門鎔合哲學、經學、史學與文學於一爐的綜合型學問。近來學界在古典文論的研究進路上，除了延續陳世驤所提出的「抒情傳統」作為思考理路外，亦有以國外文學理論作為參照系統者。其實，自從晚清王國維採取西方叔本華、尼采美學詮釋《紅樓夢》、《人間詞話》後，與西方文論進行對話，儼然成為學界在將古典文論進行現代詮釋時，不得不注意的研究課題。如以筆者碩士論文所寫的《人間詞話》為例，若不從王國維既有的西方哲學美學、中國禪道美學，作為學術門徑，想窺該詞論殿堂之奧妙，是很難想像的。為了持續與西方學術保持對話的空間，筆者博士論文寫的雖是魏晉的《文心雕龍》，卻仍採以西方海德格「詩人作詩」美學思想作為參照架構，對劉勰理想的「經典支條－文章」美學意涵進行現代詮釋。只是，在與海德格後期美學進行對話的第二序研究之前，在第一序的文字義理耙梳過程中，筆者發現到，構成《文心雕龍》大作的基石，是經學性的文字，看似易懂，實則義理深奧。若不對該經學文字概念，進行仔細義理理解，做出的文論詮釋，往往失之毫釐，差之千里。也就是，將中國經學、哲學等與古典文論進行匯通，以貼近地理解文論深層意涵的基礎工作，其重要性恐不下於目前學界所認為的在第二序上與西方學術進行對話的課題。

本書便是筆者自博士班畢業以來，思索如何讓自家文化無盡藏－中國思想與古典文論進行匯通的初步成果。其構想源於筆者所主持的兩個國科會計畫：「從中國哲學看古典文論：從羅近溪『赤子之心』到湯顯祖文藝思想」與「從中國思想之『氣』觀念看古典文論：從羅近溪『一陽之氣』到李贄文藝思想」。在主持計畫過程中，筆者發現了，既然中國各個學術領域都離不開「氣」此一基本元素，那麼透過中國思想的「氣」觀念，對古典文論深邃內涵進行掘發與匯通，便具有相當的可行性。因應計畫的執行，本書大部分篇章已分別刊載於《清華中文學報》、《東華人文學報》、《哲學與文化》與《淡江人文社會學刊》等期刊中。筆者謹向台灣學生書局、國科會計畫與這些期刊論文匿名審查人致謝，因為他們的審查意見，除了讓本書論文更加豐富嚴謹外，更讓筆者看到「從中國思想之『氣』觀念看古典文論」確實是一個值得開啟的學術視域，從此一視域觀照下去，每一次論文的完成，將是下一次學術思索的開始。

目　次

第一章　導論：
開啟「從中國思想之『氣』觀念看古典文論」的學術面向

第一節 研究緣起：以中國思想之「氣」觀念作為古典文論的觀照進路

　　本書擬以羅近溪（1515-1588）「一陽之氣」思想與李贄（1527-1602）、湯顯祖（1550-1616）文藝理論關係為題，藉由（一）羅近溪「一陽之氣」思想及其相關議題 （二）從羅近溪「一陽之氣」到李贄的文藝思想（三）從羅近溪「一陽之氣」到湯顯祖的文藝思想三章節研究內容撰寫，來確實釐清羅近溪「一陽之氣」與李贄、湯顯祖文論相關意義。之所以從事此一主題研究，不僅僅是因為其關係蘊涵有深入探討的必要性，同時也擬藉此主題之探究，及進一步出書問世，開啟「從中國思想之『氣』觀念看古典文論」的學術面向，提供中國哲學、經學與古典文學相互對話詮釋的可能性，為中文學術的永續發展，盡一己綿薄之力。

　　為什麼「從中國思想之『氣』觀念看古典文論」的研究論域，

有其值得開啟的學術價值呢？對此，劉長林先生曾說到：

> 在中國古代學術史上，恐怕氣概念是最引人注目的了。各個
> 學術領域都離不開氣，都以氣作為建構理論框架的根基，用
> 氣來解釋各種各樣的難題。正是「氣」將諸子百家，將多采
> 多姿的中國文化連成一個整體。人們完全有理由說，氣是中
> 國文化無限豐富內容的真正底蘊，在那裏可以體察到中國民
> 族的博大情懷、深刻智慧和柔中藏剛的性格。[1]

換言之，「氣」可說是中國學術各領域的根本原理。以中文學門來
說，它既是中國學術思想研究的一大論題，同時也是古典文藝理論
一項重要的批評術語。可以說，「氣」的問題，若能在學術上獲得
某種程度的解決，不但能使得蔚為可觀的古典文獻得以被清晰地理
解，同時也可作為文學與思想研究的綰合點。也就是，近來學術界
分工日益精密，於中國思想與文學學術領域上各有專精者，然中國
文學、思想、藝術，就古代文士而言，從來就是相通的，最高境界
的文學藝術中，往往蘊含著作者無窮的美學思想意蘊。因此讓中國
文學與思想彼此匯通的研究，應當有其被重視的一面。而「氣」的
研究，在筆者看來，或可作為開啟中國文哲研究匯通的一扇窗景，
讓文藝理論與學術思想研究者，藉由「氣」的相關問題的解決，看
到彼此得以對話的可能性。

---

[1] 楊儒賓主編，《中國古代思想中的氣論及身體觀》（台北：巨流圖書公司，
1993），頁 101。

　也就是，「氣」乃是中國有別於西方最獨特的學術母題，其廣泛地滲透到中國學術各個領域。如當代中文系對中國學術課程安排，大抵是依照古代目錄學經史子集這樣的四部分法。而經史子集此四大學術範疇，均與「氣」脫離不了關係。如在經學方面，身為群經之首的易經，以「一陰一陽之謂道」作為主要觀念，推衍出卦爻、卦象無窮豐富的意涵；作為史學經典之作的漢書，其《漢書・刑法志》提及「夫人宵天地之貌，懷五常之性，聰明精粹，有生之最靈者也」[2]，也就是「人」之所以被視為「萬物之靈」，乃因人「心」懷有「五常之性」，此「性之氣」最精、最靈，故人「心」常被稱為「性靈所鍾」；而諸子學說中最具代表性的孟子、莊子，儘管存在著諸多不同思維面向，但其共同點便是把「氣」視為相當重要的哲學概念，如孟子的「養氣」說，莊子的「聽之以氣」思想；至於最早將「氣」概念運用到文學理論的曹丕，其「文以氣為主」的觀念，指的是作家天生不可強求的氣質才能，之後的劉勰、鍾嶸、李贄、湯顯祖、黃宗羲與章學誠等所繼續發展與深化的「氣」論，早已不是曹丕的命定式的「氣」所能規範，而是指向更高哲學美學層次的「氣」論文學觀了。

　　因此，本書擬選擇中國思想層次的「氣」此一學術議題，作為讓文學與思想兩領域進行豐富對話的聚焦點。讓文學與思想之間，原本就存在著的可能豐富交涉關係，得以被呈現出來。也就是站在一個更大的學術立場來講文學，以彌補站在文學立場來講文學，所可能造成的片面理解之限制。

---

[2] 班固撰，顏師古注，《漢書》（台北：宏業書局，1996），頁 1079。

　　由於上述的緣由，以「從羅近溪『一陽之氣』到李贄、湯顯祖文藝思想」作為研究主題，其實相當程度的用意，便是為開啟「從中國思想之『氣』觀念看古典文論」學術面向作一準備或說是實際證明。只是何以擬以羅近溪「一陽之氣」思想與李贄、湯顯祖文藝理論關係為題，以作為中國思想與古典文論相互對話的可能性之例證。以上問題將在底下一節進行闡述說明。

第二節　研究實例：以羅近溪「一陽之氣」與李贄、湯顯祖文藝思想關係為例

　　關於晚明一大思想家－李贄「童心說」的歷來詮釋，蕭義玲先生曾於〈李贄「童心說」的再詮釋及其在美學史上的意義〉一文，整理出三種模式，一為唯物史觀說，二為反傳統說，三為理論發展之必然性，並指出：

　　　　第一說與第二說實際上常常混為一談，一方面或者由於這兩
　　　　種詮釋架構在邏輯上並不互相排斥，且其說較易理解；一方
　　　　面或者由於近代學科劃分細密的結果，治文學者常常將研究
　　　　視角侷限於文學史料本身，未能輔以哲學或方法上的的反
　　　　省，故多略於概念上需要精細分析的第三種詮釋模式，以致
　　　　形成採用一、二說者較眾的情形，在誤解的逐漸擴大中，主
　　　　流意見遂輕判李贄的「童心說」在於「反對用封建禮教、封
　　　　建道德的統一規範來扼殺每個人的個性特點」，以為李贄所

追求的乃是突破流俗，以達個人情慾的自由解放。[3]

也就是，目前學界對於泰州學派及李贄思想興起的看法有所殊異，
「童心說」的說法也因此有著三種不同的詮釋模式。其中，由於學
界在研究法上常因「侷限於文學史料本身，未能輔以哲學或方法上
的反省」，所以多採用第一與第二種說法，以為「童心說」乃是主
張放縱情慾，追求個人的自由解放。不同於前人的「文學史料本身」
觀察視角，蕭先生試圖於各種成說之上，以李贄所承接的王龍溪「四
無句」義理角度出發，提出所謂「童心」即指「超越的道德本心」
觀點[4]。至於同樣研究李贄「童心說」的袁光儀先生則說道：

> 如域外學者溝口雄三，便稱李贄之童心為陽明良知之「成年」
> 或「成長」；此外，龔鵬程亦早已撰文指出，李贄之心學仍
> 為儒者「克己復禮」之路向；順著龔氏的理解，蕭義玲亦再
> 加論斷「李贄關懷重點依然在於超越的道德心」，其後溫愛
> 玲更從王龍溪、羅近溪的經典觀，論證李贄童心說對於王學
> 之繼承與發展，若以此類觀點銓解李贄的思想，確實與李贄
> 自負「真道學」的立場較為相合。[5]

---

[3] 蕭義玲，〈李贄「童心說」的再詮釋及其在美學史上的意義〉，《東華人文學
報》第 2 期，2000 年 7 月，頁 172。

[4] 同前註，頁 177。

[5] 袁光儀，〈道德或反道德？－李贄及其「童心說」的再詮釋〉，《第三屆文學
與資訊學術研討會會前論文集》，2006 年 10 月，頁 172。

亦即，袁先生以為，李贄的學術歸屬於儒者良知之學的發展，當屬無疑。袁先生復進一步以康德道德哲學作為詮釋參考架構，將李贄「童心說」的道德內涵演繹發揮到一個更細緻的論述層面，以為「李贄之『童心說』，絕非『反道德』，相反的，他所堅持的，正是與儒者無異的自律道德精神」[6]、「若以儒學的角度重新理解，則可知『童心說』對『絕假純真，最初一念』的極端堅持，排除任何彷彿比擬之他律，甚且可謂為晚明道德嚴格主義之先聲。」[7]

任何對當代中國哲學詮釋有一定了解者，不難發現近年學術界對於李贄「童心說」的詮釋分析，往往在有意無意間，擷取了當代新儒家與康德哲學的語言與修辭，作為詮釋策略或參考架構，讓李贄「童心說」的現代詮釋面貌充盡地鋪展開來。只是，我們可設想一下，李贄「童心」概念若為超越一切經驗時空限制，能進行道德自律與判斷的「道德主體性」。那麼，李贄其它學說如「化工說」、「從天降者謂之禮」等，均需以此角度進行詮釋，這樣所得出的學說意涵，是否真能勾勒出一幅清晰的李贄學術思想與文學理論匯通的藍圖，恐待更為細緻深入的義理闡釋。也就是，如果說，李贄「童心」概念是進行道德判斷的「道德主體性」，那麼由「童心」所作出的「化工」之作，如《西廂》、傳奇、小說，乃至李贄所欣賞的李白詩、蘇東坡文，便只能侷限在「道德」意義或情感上去對這些作品進行詮釋，如此所詮釋出的意涵，果能與該文學作品的精神相應，恐怕是不無疑問的。如李白詩的「抽刀斷水水更流，舉杯銷愁

---

[6] 同前註，頁 191。

[7] 同前註，頁 192。

愁更愁」、「兩岸猿聲啼不住，輕舟已過萬重山」或「君不見高堂明
鏡悲白髮，朝如青絲暮成雪」，這些化工詩句的意涵，恐怕很難以
道德情感侷限之；再者，如果李贄「童心」概念是人能自發道德是
非判斷的「道德主體性」，那麼由此心性所發出的「禮」，應屬於李
贄所謂的「從人得者」，由「心思測度」而至者。偏偏李贄將這由
人心思測度而發的「禮」，解釋成「非禮」[8]。

　　詳言之，良知本心即「道德主體性」是由當代新儒家牟宗三所
提倡。此一主張於當代其實具有相當的壟罩性，主要原因乃在於，
其援引了西方康德「純善的理性」與「自由意志」等道德哲學概念，
作為孟子「本心良知」相關概念語句的論證，使得千年前孟子語錄
體的思想表述，展現出了現代知識化的面貌。於是，以牟宗三所謂
「道德主體性」概念作基礎，並進一步深化與加強論證中國學術心
性思想的研究，儼然成為一股學界不得不注意的風潮。或許此一風
潮聲浪過於鉅大，大到想在晚明學術思想與文學理論進行其關連性
探究者，望之怯步了。因為如果說宋明心學如羅近溪「赤子之心」
或王龍溪「良知說」乃為從事道德判斷的「道德主體性」，那麼深
受其影響的李卓吾「童心說」、湯顯祖「靈性說」、袁宏道「性靈說」，
均不得不以此角度進行詮釋，如此所得出的相關脈絡意涵，是否真
能勾勒出貼近文論家思想的藍圖，恐待進一步闡發。

8　「從天降者謂之禮，從人得者謂之非禮；由不學、不慮、不思、不勉、不識、
　　不知而至者謂之禮，由耳目聞見，心思測度，前言往行，彷彿比擬而至者謂
　　之非禮。」（《焚書卷三·四勿說》，頁 101。）以下李贄《焚書／續焚書》
　　文獻，除特別標明出處外，均引自李贄，《焚書／續焚書》，台北：漢京文化
　　事業有限公司，1984。

　　至少從目前學術研究來看，將牟先生所謂「道德主體性」的心
學詮釋與明代文藝理論進行匯通，仍屬需加強開發的領域。所以我
們看到，目前研究晚明文學思潮者均能在其著作或期刊的論文脈絡
中，適時地提出某一文學主張乃深受某一心學概念影響。可是，當
讀者想進一步深入了解，其關係究竟如何產生，或是概念如何從學
術思想轉化為文論概念時，這些研究者似乎無法提供令人滿意的答
案。

　　像牟宗三這樣中國哲學詮釋的風潮，作為古典文學或文學思潮
研究者，究竟應如何面對因應？我們是否只能藉由將牟宗三的哲學
體系與古典文論進行匯通的工作，才能真正對深受中國思想影響的
古典文論概念意涵進行詮釋？還是有其他的研究進路，讓我們得以
藉由「中國思想」的學術視界，看到古典文論更豐富的意義花園？

　　對於以上的問題，筆者必須承認，關於牟宗三的中國哲學體系
的理解，已超越筆者目前所能承載的能力範圍內，更遑論以牟先生
的心學詮釋作為參照進路，對與心學相關的古典文論進行豐富意涵
的詮釋。再者，以牟先生所謂的中國思想主流的「心」即為「道德
主體性」，來進行古典文藝理論之匯通，以目前學界的相關資料，
為我們提供的研究資源實在相當有限。至少從目前學界來看，尚未
見得專以當代新儒家牟宗三所詮釋的良知本心即為「道德主體性」
主張，作為參考架構，對古典文論進行完整詮釋，而卓然成書或取
得相當研究成果者。

　　那這是否意味著，「從中國思想看古典文論」學術面向之開啟，
只能等待專研牟先生思想體系，同時清楚意識到中國思想與古典文
論之間具有「血脈相連」親情關係，並將之進行匯通者，我們才有

對古典文論進行更豐富理解的一天。

　　面對這樣的疑問，筆者在目前中國思想之「氣—身體」研究中找到了另一條路徑。也就是，這裡的「氣—身體」，筆者乃援引楊儒賓先生在其所主編的《中國古代思想中的氣論及身體觀》一書導論中所定義的內涵：

> 　　中國身體觀的一大特色，乃是除了五臟六腑的系統外，另有一種氣—經脈的系統，而氣尤可視為根本的原理。將氣與身體結合並論（以下簡稱氣—身體），不但見之於傳統醫學，也是以往的許多經驗科學，如占卜、星相、武術等，得以運作的基礎。不但如此，它還提供了中國以往主流思潮無比重要的動力，我們甚至於可以說沒有氣—身體的理論預設，儒道兩家的許多重要命題即不可能成立，至少也需要重新改寫。[9]

楊先生之所以提倡此一主題，乃源於十幾年前以下這樣的觀念：

> 　　氣—身體可能可以視為一種新的典範，從這種典範出發反省中國思想，可能可以看出以「心學」或「理學」為典範者所看不到的面相。[10]

---

[9]　楊儒賓〈導論〉，見楊儒賓主編，《中國古代思想中的氣論及身體觀》（台北：巨流圖書公司，1993），頁3。

[10]　楊儒賓〈導論〉，見楊儒賓、祝平次編，《儒學的氣論與工夫論》（台北：台大出版中心，2005），頁3。

也就是，楊先生顯然認為，在牟先生所建立的心學體系之外，有一條足以觀照中國思想豐富面相的路徑，等待吾人去開發，那就是中國思想之「氣—身體」的概念。幾十年下來，從楊先生所主編的《中國古代思想中的氣論及身體觀》、《儒學的氣論與工夫論》及相關的氣學研究資料顯示，「氣—身體」這樣概念的相關研究，確實幫助我們看到了中國思想更豐富的意涵。只是我們也發現到，在楊先生所結集的學界在「氣—身體」研究上有獨到見解的兩本論文集中，除了鄭毓瑜先生外，尚未有人將此一研究視域，拓展到古典文學或本書所著重的文藝理論上。這不能不說是件遺憾，卻也讓吾人在遺憾中看到，以中國思想之「氣—身體」相關研究，作為詮釋參考架構，拓寬古典文論的學術視域，是吾人今後可努力的目標。

這是因為，即使在古典文論文獻中未提及「氣」字，但若仔細探索，便知「氣」觀念總為其背後的重要支柱。如於晚明提出重要文論觀念—「童心說」的李贄，若仔細推敲其文章，將不難發現其語言表層看似與「氣」少有關係，但骨子語脈裡，卻含藏「氣」的思想，如我們於此提出最明顯的例子：

> 蓋工莫工於《琵琶》矣。彼高生者，固已彈其力之所能工，而極吾才於既竭。惟作者窮巧極工，不遺餘力，是故語盡而意亦盡，詞竭而味索然亦隨以竭。吾嘗攬《琵琶》而彈之矣：一彈而嘆，再彈而怨，三彈而向之怨嘆無復存者，此其故何耶？豈其似真非真，所以入人之心者不深邪！蓋雖工巧之極，其氣力限量只可達於皮膚骨血之間，則其感人僅僅如

是，何足怪哉！[11]

對李贄文論有稍微熟悉者，可知以上引文的「（畫工）蓋雖工巧之
極，其氣力限量只可達於皮膚骨血之間」的「畫工」，乃與「天下
之至文」的「化工」相對立。「畫工」的作品，其「氣力限量」只
可達於讀者皮膚骨血之間。相對的，「化工」的作品，其「氣力限
量」將達於讀者身上比皮膚骨血還要深層的地方。在李贄觀念中，
「天下之至文」的「化工」，乃出於「童心」。由「童心」所發出的
「氣力限量」，自然不只達於「皮膚骨血」之間。

　　總之，從李贄明白使用「氣力限量」一詞，可推論與揭顯出李
贄所謂「童心」內涵，與中國各個學問的基本元素－「氣」有著相
當的關聯性[12]。由此擴展出去，其他與「童心」概念相關之李贄思
想或文論，當可從「氣」的角度發現其深層意涵。

　　其實，若從李贄所繼承的理學傳統觀之，李贄「童心」與「氣」
概念關係密切，並不難理解。就如楊儒賓先生在〈主敬與主靜〉一
文，提到道家與理學家大多「以氣言心」：

　　　理學家以氣言心，朱子以「氣之靈」界定心即為著名的案例；
　　　莊子雖未明確規定兩者關係，但實質上等同「遊心」與「遊
　　　氣」，「遊心於淡」等同「合氣於漠」。此種心－氣理論尚未

---

[11] 《焚書卷三·雜說》，頁96。

[12] 也就是，從「氣力限量」角度去掘發「童心」概念更為深層的內涵，是一
　　種原被遮蔽現象的開顯，而非一種代換。

受到學界足夠的重視，其內涵有待敞開。[13]

理學家以氣言心，或者說以「氣之靈」界定心，除了朱子，在李贄
所崇拜的王龍溪文集中亦比比皆是。[14]以「氣之靈」言心，「心」仍
是「氣」。因此若說道教內丹主要概念是「氣」，而儒學是「心性」，
儒學心性概念不能從「氣」角度去切入，至少就宋明理學來說，是
不合文獻實況的。理學傳統的「心－氣」理論，誠如楊先生所說的，
是目前學界待敞開的視域課題。

　　熟悉中國文化者並不難想像何以中國思想或古典文論的「心」
概念，當與「氣」關係密切，如蔣年豐先生就提到：

> 古代中國思想並不執著於觀念論的「心」或實在論的「物」
> 去抽象地把握人的生命，而強調從「性情形氣」具體地感知
> 人的生命。[15]

正因將人視為「性情形氣」交相融釋的有機體，所以中國思想或文
章理論，即使其標榜的學說，看起來與「氣」的問題關聯不大，但

---

[13] 楊儒賓，〈主敬與主靜〉，《台灣宗教研究》第 9 卷第 1 期，2010 年 6 月，頁 15。

[14] 如「其氣之靈，謂之良知」（〈易與天地准一章大旨〉，頁 182。）；「天地靈 氣，結而為心」（〈南雍諸友雞鳴憑虛閣會語〉，頁 112。）；「良知是人身靈 氣」（〈東遊會語〉，頁 84。）以下有關王龍溪文獻，均引自吳震編校整理， 《王畿集》（南京：鳳凰出版社，2007）。

[15] 蔣年豐，《文本與實踐（一）》（台北：桂冠圖書公司，2000），頁 13。

其實絲絲入扣、聯繫極深。

而如學界所知，李贄之所以會提出「童心」，羅近溪「赤子之心」是該學說資糧的重要提供者。如龔鵬程於《晚明思潮》一書就指出：

> 他（李贄）以「童心」形容本心，則是受了羅近溪赤子良心說的影響。[16]

周群先生亦指出：

> 李贄反對道理聞見。所謂最初一念的童心與羅汝芳所說的赤子本非學慮是完全一致的。李贄體悟羅汝芳甚深，自信：「能言先生者（羅汝芳）者實莫如余。」受羅汝芳的影響也清晰可見。[17]

從兩位學者所言，羅汝芳不學不慮的「赤子良心」，乃是晚明「童心」概念提出的重要推手。

關於目前的羅近溪「赤子之心」相關研究，學界的成果其實已經十分豐富，這當中尤其以楊祖漢先生及其指導的學生的論文用力最勤[18]，而其在論及「赤子之心」概念之際，乃將其當成道德概念，

---

[16] 龔鵬程，《晚明思潮》（台北：里仁書局，1994），頁 8。

[17] 周群，《儒釋道與晚明文學思潮》（上海：上海書店出版社，2000），頁 119。

[18] 如楊祖漢先生曾撰寫〈羅近溪思想的當代詮釋〉一文（《鵝湖學誌》第 37 期，2006 年 12 月），由其所指導的博碩士論文包括：1.藍蕙瑜，《百姓日用

並將之與牟宗三所主張的「道德主體性」畫上等號，以為「赤子之心」即是孟子的良知本心，其專職作用乃在進行道德是非判斷，如楊祖漢先生在〈羅近溪思想的當代詮釋〉一文中說道：

> 依近溪，以赤子之心之知孝知弟證本心良知，亦以此體會天道生生，亦可謂是登峰造極，至平易切近處，便是至高明偉大處；但即在此知孝知弟處，便自然給出由內而外，由我而人的實踐規矩、道路，這可說是在最簡易處開出的實踐道路，這道路是道德主體、本心良知的必然落實處。[19]

任何對當代中國哲學詮釋有一定了解者，均不難看出楊先生對於羅近溪「赤子之心」詮釋策略，其實是相當「牟宗三式」的。也就是，牟宗三先生以為，宋明理學家主張「心即理」概念中的「心」，即是所謂「道德主體性」，此一心體能在具體經驗的情境底下，不受任何經驗時空條件的限制，做出合理的道德是非判斷。而楊先生以上的「赤子之心」理解，仍不出牟宗三的詮釋策略，只是更強調羅近溪所謂「赤子良知」道德判斷，乃落實於最平常的「孝弟慈」上，並在此良知道德作用中體會天道生生之真機。

與聖人之道－羅近溪哲學思想》，桃園：中央大學哲學研究所碩士論文，1999。2.李沛思，《從工夫論看羅近溪思想之特色》，桃園：中央大學中國文學研究所碩士論文，2005。3.謝居憲，《羅近溪哲學思想研究》，桃園：中央大學哲學研究所博士論文，2008。

[19] 楊祖漢，〈羅近溪思想的當代詮釋〉，《鵝湖學誌》第 37 期，2006 年 12 月，頁 170。

　　除了目前學界的「道德主體性」詮釋外，於此本文要問的是，羅近溪的「赤子之心」內涵，是否可轉以「氣」的思想角度來進行理解？這答案若是肯定的，那麼我們將可從與羅近溪「赤子之心」相關的「氣」思想作為參照進路，觀照李贄「童心說」的「氣」之意涵，並以此進一步理解李氏其他相關學說的深層意蘊。

　　關於羅近溪「赤子之心」思想，明儒黃宗羲曾提到：

> 先生之學以赤子良心不學不慮為的。以天地萬物同體，微形骸、忘物我為大。此理生生不息，不須把持、不須持續，當下渾淪順適。[20]

關於這裡的「先生之學以赤子良心不學不慮為的」，從羅近溪相關文獻所提到的：「蓋良知心體，神明莫測，原與天通，非思慮所能及，道理所能到者也」[21]、「大人者，須不失赤子時，曉知愛父愛母，不須慮、不須學，天地生成之真心也」[22]、「仁者，孩提之不學不慮，良知良能也，聖人之不勉不思，即不失其赤子之心也」[23]，可知羅近溪所謂「赤子良心」，又可稱為「良知心體」、「赤子真心」、「良知良能」、「仁」。

---

[20] 黃宗羲，《黃宗羲全集第八冊・明儒學案（下）》（台北：里仁書局，1987），頁762。

[21] 《近溪子集・卷御》，頁120。以下羅近溪文獻，除特別標明出處外，均引自方祖猷、梁一群等編校整理，《羅汝芳集》，南京：鳳凰出版社，2007。

[22] 《孝經宗旨》，頁434。

[23] 《近溪羅先生一貫編》，頁347。

　　至於此「赤子之心」意涵是否與「氣」論有關？以下引文為我們提供一條理解路徑[24]（這些引文因具重要性，於下文會再度引用並詳解其意涵）：

　　1. 曰：「如何是天下歸仁？」羅子曰：「一陽之氣雖微，而天地萬物生機皆從是發。」[25]

　　2. 聖人教顏子「克己復禮」，象山先生解作「能身復禮」，而復，即一陽初復之「復」，謂用全力之能於自己身中，便天機生發而禮自中復也。[26]

　　3. 黃中所通者，即一陽真氣，從地中復，所謂：克己而復者也；中通而理者，即陽光而明，所謂：復以自知，而文理密察，以視聽言動而有禮者也。故從此而美在其中，從此而暢於四肢，發於事業。[27]

　　4. 一陽之氣，從地中復也。地中即謂之黃中，中而通者，乾陽之光明，知之所始也。乾知太始處，便名曰「復」，復也者，即子心頓覺開朗，所謂「復以自知」者也。[28]

---

[24] 以下每條引文所標示的數字，均為筆者所加，以作為論述的清楚依據。
[25] 《近溪羅先生一貫編》，頁360。
[26] 《近溪羅先生一貫編》，頁360。
[27] 《近溪子集・卷書》，頁154。
[28] 《近溪子集・卷書》，頁156。

從以上列舉的四條引文，便讓我們很清楚意識到，所謂的「一陽之氣」概念，在羅近溪氣論思想中，占有相當舉足輕重的地位。尤其在羅近溪原典文獻中，誠如前文所論及的，「赤子之心」又可稱為「良知心體」、「赤子真心」、「良知良能」與「仁」。而上述第一則文獻將「仁」概念與「一陽之氣」意象縐合在一起，更明白顯示出，「一陽之氣」與羅近溪思想核心概念—「仁」或「赤子之心」有密不可分的關連性。

既然羅近溪「赤子之心」與「氣」思想習習相關，受其影響的李贄「童心說」，及其相關文藝思想，自當有從「氣」概念進行掘發論述的可行性。也就是，吾人若能透過與羅近溪「赤子之心」習習相關的「一陽之氣」觀念，作為詮釋參照進路，探測李贄「童心」概念的「氣」意涵與特徵，而後以此「童心」角度切入，對李贄其他相關文論，進行更豐富美學意涵的挖掘與揭示，是有其可行性的。

只是，既然「一陽之氣」概念如此之重要，目前學界是否曾對此作一詳細探索，或將之與受羅氏影響的晚明文論進行聯繫分析呢？對此，程玉瑛於《晚明被遺忘的思想家－羅汝芳詩文事蹟編年》一書中曾提到：

> 近五十年來，海內外學者對晚明思想、文學與宗教之研究，頗多貢獻。李贄、湯顯祖二氏在晚明思想史與文學戲曲史的重要性，人多能言之。但對二人思想有啟發作用的羅汝芳則

鮮有論及。[29]

程先生此書出版於民國八十四年，直至今日，專門研究羅近溪思想的博碩士論文，如前所述，已見成長。惟對於羅近溪「氣」論與晚明文論發展關係的專門研究，仍有發展努力的空間。也就是，至今少有人特別針對羅近溪「氣」論思想與晚明文論中與「氣」相關的重要概念之關係，進行詳細探究。以在此基礎上，進一步了解如李贄或湯顯祖究竟如何接受或轉化羅氏思想，以成就自己的文論思想。

　　基此，本書將於下一章擬先對羅氏「一陽之氣」概念及其相關議題作論述，以為進一步觀照李贄文論思想的基礎。

　　另外，值得以羅近溪「氣」論思想作為觀照點，以理解其文藝理論之「氣」思想及其相關議題的，還有湯顯祖。這位明末戲劇大家，近代學者多著眼其在戲曲或「情至」文學理論成就，但現有相關文獻中透顯著，湯顯祖同時也是當時備受肯定與尊崇的思想家，如程芸先生就說道：

　　　　湯顯祖仕途塞澀，思想動態複雜多變，今人往往強調他「以情反理」的傾向性。事實上，湯氏一生推重「禮義」，他寫的幾篇探討儒家「性命之說」的論說文甚至得到高攀龍這樣的理學名流的褒揚。雖然黃宗羲《明儒學案》並沒有為湯顯

---

[29]　程玉瑛，《晚明被遺忘的思想家－羅汝芳詩文事蹟編年》（台北：廣文書局，1995），頁 5~6。

祖留下一席之地，但在清代的地域儒學傳統中湯顯祖卻占有
重要位置－直到清代後期，廣東徐聞縣士人依然將湯顯祖與
宋代名儒周、張、程、朱等人相提並論，以至享受追薦同祀
的殊榮。[30]

清代後期廣東徐聞縣士人，對湯顯祖儒學地位之尊崇，不下於宋代
名儒，並對之追薦同祀。而大陸學者鄒元江先生亦指出：

> 明萬曆年間的「學官諸弟子」之所以「爭先北面承學」於他，
> 就因為他們認定湯義仍「所繇重海內，不獨以才。」即他不
> 僅僅有詩賦靈性、藝術天才，更重要的是有思想，而且其深
> 邃廣博為一般學官「聞所未聞」，以至「諸弟子執經問難靡
> 虛日，戶屨常滿，至廨舍隘不能容」。[31]

> 高攀龍在復湯顯祖信中說：「及觀賜稿《貴生》、《觀復》諸
> 說，又驚往日徒以文匠視足下，而不知其邃於理如是。」湯
> 顯祖百餘萬言的著述中，又豈止是《貴生》、《觀復》和「意
> 識境界」文「邃於理如是」！這的確是有待進一步深入開掘
> 的重要思想資源。[32]

---

[30] 程芸，《湯顯祖與晚明戲曲的嬗變》（北京：中華書局，2006），頁 7。

[31] 鄒元江，《湯顯祖新論》（台北：國家出版社，2005），頁 305～306。

[32] 同上，頁 13。

從學者所言可明顯看出，在二十世紀今天，從學術著作所看到的湯顯祖文學形象，其實只是一個側面角度而已。湯顯祖於當時的經師形象，及著述中所闡發的學術思想，均待更為深入與全面的探討。也就是，顯然只有在湯顯祖各個側影面向，如哲學、美學、文學等，均獲得充分勾劃與匯通，湯顯祖的面貌才會更清晰地呈現在我們面前。現在問題是，究竟如何就湯顯祖哲學、文學等各項現有的文獻材料，作進一步的清理與有機的連結，以勾勒出湯顯祖更真實的面貌呢？

面對這樣的提問，將湯氏文獻中「氣」論相關材料，進行深掘與疏理，是使得湯氏學術思想與文藝理論等獲得照面匯通的可能脈絡途徑。原因是，湯氏不但是晚明文藝思想－「靈氣」的提倡者[33]，同時從其學術思想相關文獻中，也透顯著「氣」論絕對是理解湯氏思想的關鍵點[34]。而無論是文藝批評或是思想文獻當中之「氣」觀念，不可能完全沒有交集連結，或者說，就湯顯祖而言，絕不會落入將學術思想與文藝文章斷為兩橛的寫作現象，其是具有緊密的臍帶關係的，其文學藝術中應蘊含豐厚的美學思想意蘊。所以若能對流通於湯氏哲學、文論語脈之間的「氣」之義理內涵，進行詳細的

---

[33] 如「世間惟拘儒老生不可與言文，耳多未聞，目多未見。……自然靈氣，恍惚而來，不思而至，怪怪奇奇，莫可名狀。」(〈合奇序〉) 詳見徐朔方箋校，《湯顯祖全集》(北京：北京古籍出版社，1998)，頁1138。
以下湯顯祖文獻，除特別標明出處外，均引自徐朔方箋校，《湯顯祖全集》(北京：北京古籍出版社，1998)。

[34] 如「乾則雲行，坤則履霜，氣一而已。」(〈春秋輯略序〉，頁1120。)、「一氣混成，三才互吞，以成宇宙，以生萬物。」(〈陰符經解〉，頁1272。)、「天地神氣，日夜無隙。吾與有生，俱在浩然之內。」(〈明復說〉，頁1226。)

梳理論述，自當對湯顯祖智慧神貌的勾劃，有深一層認識的貢獻。

只是，從現有文獻中，我們看到了關於湯顯祖整體思想，羅近溪這一代大儒，對其思想滲透度之濃密，不下於李贄！

如程芸先生曾於《湯顯祖與晚明戲曲的嬗變》一書提及：

> 湯氏（湯顯祖）「自然靈氣」與「童子之心」相互纏繞，這可能更直接地發端於羅汝芳的「赤子之心」一說。[35]

再者，戴璉璋先生於〈湯顯祖與羅汝芳〉一文，對湯顯祖與羅汝芳師生慧思相承關係，有相當詳細的論述，並在最後結論中指出：

> 湯氏劇作的成就，植根於儒學。他與羅汝芳的師生情誼非常重要，不但得益於良師關鍵性的指點，實際上還有善巧地繼承羅氏學脈的面向。如果說羅氏儒學是一種生命哲學，那麼湯顯祖在劇作方面繼之而開出的，則可說是一種生命美學。[36]

正是羅近溪這位明代大儒提供思想資源，讓湯顯祖戲作充滿豐厚的美學意涵，以致讓後人如得寶山似地，挖掘其中美石。

---

[35] 程芸，《湯顯祖與晚明戲曲的嬗變》（北京：中華書局，2006），頁 80。這裡的「童子之心」，乃源自湯氏〈光霽亭草敘〉所云的「童子之心，虛明可化」。程芸先生對此觀念明顯受到羅汝芳影響的論述，於該書中著墨甚多，見該書頁 42~43、頁 69、頁 77。

[36] 戴璉璋，〈湯顯祖與羅汝芳〉，《中國文哲研究通訊》第 16 卷第 4 期，2006年 12 月，頁 257-258。

　　關於羅近溪與湯顯祖思想傳承關係，在湯顯祖全集中，有十多篇詩文記述了與先師羅近溪交游、論學的盛況。同時，從以下引文可看到，羅近溪辭世後，湯顯祖對他的尊崇與念念不忘：

> 1. 一日，問余，何師何友，更閱天下幾何人。余曰：「無也。吾師明德夫子而友達觀。其人皆已朽矣。達觀以俠故，不可以竟行於世。天下悠悠，令人轉思明德耳。」[37]

> 2. 明德夫子之巧力於時也，非所得好而私之。其於先覺覺天下也，可謂任之矣。……夫子在而世若忻生，夫子亡而世若焦沒。[38]

> 3. 如明德先生者，時在吾心眼中矣。[39]

從以上引文第一則可看出，湯顯祖生命中兩大師友，乃為羅近溪與達觀和尚。然「達觀以俠故，不可以竟行於世。天下悠悠，令人轉思明德耳」，由此可見羅近溪對湯氏的影響，遠較達觀深遠。尤其從引文第二、三則「夫子在而世若忻生，夫子亡而世若焦沒」、「明德先生者，時在吾心眼中」更可看出，羅近溪在湯氏心中的重要地位。

---

[37] 〈李超無問劍集序〉，頁1109。
[38] 〈明德羅先生詩集序〉，頁1144~1145。
[39] 〈答管東溟〉，頁1295。

換言之，就如左東嶺先生提到的：

> 湯顯祖儘管也對李贄深表贊賞嚮往之情，而且也受有一定程
> 度的影響，但卻與公安派又有區別，這主要是因為他的心學
> 思想是啟蒙於羅汝芳而非李贄。[40]

對湯顯祖思想產生重大影響的三人－羅近溪、李贄與達觀和尚中
[41]，最終形成貫穿湯顯祖人生觀與文學觀的，經由相關學者考察，
大多認為，當屬羅近溪的學術思想，如：

> 他（羅近溪）的理學思想，在中國哲學史上產生了深遠的影
> 響，特別啟迪和造就了湯顯祖這位戲劇大師。[42]

> 湯顯祖是中國文化史上最富有哲學氣質的文學家，他的啟蒙
> 老師就是泰州學派的三傳弟子羅汝芳。湯顯祖自覺地運用哲
> 學思想來指導自己的戲劇實踐，把哲理融鑄在形象裡面，使
> 全部劇作為他的「至情說」思想所貫穿。[43]

> 羅汝芳對湯顯祖的影響巨大深遠，並不只限於思想範疇；雖

---

[40] 左東嶺，《王學與中晚明士人心態》（北京：人民文學出版社，2000），頁 606。

[41] 湯顯祖曾說道：「如明德先生者，時在吾心眼中矣。見以可上人之雄，聽以李百泉之傑，尋其吐屬，如獲美劍。」（〈答管東溟〉，頁 1295。）

[42] 鄒自振，《湯顯祖綜論》（成都：巴蜀書社，2001），頁 201。

[43] 同前註，頁 194。

然羅汝芳的思想並不直接涉及文藝方面，卻間接的提供了顯祖文藝觀的哲學基礎。[44]

透過上述學者觀察，可看出無論在文學思想、戲劇創作或理學思想上，羅近溪理學思想，明顯乃為湯顯祖最重要的養分資源。拋離羅近溪此一師生慧命相續元素，即無法窺測湯顯祖思想全貌。

由此，本書為探究湯顯祖文藝思想中之「氣」論，以掘發其深層美學意蘊，將以在湯氏思想中最具影響力的羅近溪「氣」論思想，作為參照系統，藉由聯繫羅近溪「氣」論核心概念—「一陽之氣」，與對湯顯祖文獻作較細緻辨析與闡釋，努力尋找湯顯祖在學術思想與文藝理論上，對羅近溪「氣」論的繼承之處，及湯氏本身「氣」思想更為獨特殊異的面相。另外，《牡丹亭記題詞》的「情之至」概念內涵，在湯顯祖研究中，是一個內容上具有相當份量的論題。但在表現湯氏文藝思想的相關文獻中，也有不少關於他對理想文章中「情」的看法，此在研究湯氏文藝思想中，亦應獲得相同的重視。本文將亦嘗試著，以羅近溪「一陽之氣」相關之「情」議題作為參照進路，以觀照湯顯祖文藝思想中的「情」，並闡明其與羅近溪「情」觀念的同異之處及其深刻之意涵，以探測湯氏文藝思想中的「情」值得思索的深層面相，能否在羅近溪「情」論思想參照中一一浮現。

總之，就目前學界研究情況而言，羅近溪與李贄、湯顯祖均是當今熱烈的學術議題之一。只是羅近溪的「一陽之氣」，以目前學界來說，尚缺乏深入而全面的論述研究；以羅近溪「氣」論思想為

---

[44] 鄭培凱，《湯顯祖與晚明文化》（台北：允晨文化公司，1995），頁207。

觀照進路，對深受羅氏影響的李贄、湯顯祖文論之「氣」思想及相關議題進行探究，亦未見扣問者。

　　如以李贄的相關研究為例，從目前相關學術著作資料，可清楚看出，近年來有關李贄學術著作與期刊論文，大致可分三大研究類型，一是著眼於其哲學思想[45]，二是其史學觀點[46]，三是文藝觀念[47]。這當中的文藝思想，又以「童心說」為討論主軸，只是如前文所述的，近來關於「童心說」的詮釋，儘管能超越文本表面字義的理解，而以更具哲學性眼光賦予更深刻的「主體性」詮釋，但仍未從李贄所說的「（畫工）蓋雖工巧之極，其氣力限量只可達於皮膚骨血之間，則其感人僅僅如是」[48]，推論出「化工」之作的根源－「童心」，可從「氣力限量」角度詮釋出其更豐富的意涵，進而由此「童心」的「氣」意涵詮釋視角，對其他相關文論進行不同以往的重新詮釋。

　　因此，有別於目前學界常採取的反禮教之個人情欲解放與道德主體性兩種角度，本文改採以「氣」論的研究視角，先對李贄「童心說」先聲－羅近溪「赤子之心」進行「氣」意涵的詮釋，再以此

---

[45] 如袁光儀，《李卓吾新論》（台北：台北大學出版社，2008）；林其賢，《李卓吾的佛學與世學》（台北：文津出版社，1992）；左東嶺，《李贄與晚明文學思潮》（天津：天津人民出版社，1997）。

[46] 如魏妙如，《李贄的思想和史學》，台中：東海大學歷史研究所碩士論文，1990；彭忠德，〈李贄的史論及其影響〉，《中國文化月刊》第 261 期，2001年 12 月。

[47] 如蕭義玲，〈李贄「童心說」的再詮釋及其在美學史上的意義〉，《東華人文學報》第 2 期，2000 年 7 月；袁光儀，〈道德或反道德－李贄及其「童心說」的再詮釋〉，《第三屆文學與資訊學術研討會會前論文集》，2006 年 10 月。

[48] 《焚書卷三·雜說》，頁 96。

作為管窺李贄「童心」思想的窗口，以釐清其彼此關係的內在理路，並為李贄「童心說」及其相關文論觀點，做出更豐富的「氣」意涵詮釋，讓李贄文藝理論的「氣」之思想面貌更清晰地呈現在我們面前。

又如以湯顯祖研究為例，從目前相關學術著作資料，可清楚看出，近年來有關湯顯祖學術著作與期刊論文，國內學者與大陸學者著重點有明顯的差異。國內學者，除了戴璉璋先生〈湯顯祖與羅汝芳〉外[49]，其研究重心多放在湯顯祖文學文本意涵探索上，很少觸及羅近溪對湯顯祖的影響，進而以此詮釋湯氏文論深層意涵。至於大陸學者的研究，則無不強調，羅近溪理學思想在湯顯祖文論主張與戲劇美學所扮演的影響地位[50]，只是少有人能深入兩者淵深思想海域中，一探其究竟關係。如湯顯祖「氣」論思想鑿鑿見諸文章，卻少人窺其氣學與羅近溪「一陽之氣」思想之關連；湯氏文藝思想最引人注目的「情」概念，很難與羅近溪「情」論見解視為毫無血親關係，其內在理路卻同樣乏人問津。

以上這些學術議題在缺乏深入研究情況下，影響所及，後續諸多討論，往往只能依賴前人所述，而無進一步的深入論述。於是陳陳相襲結果，便導致這些相關研究，形成一種裹足不前的狀態。如以湯顯祖整體研究為例，鄒元江先生以為湯學研究有一種停滯不前

---

[49] 戴璉璋，〈湯顯祖與羅汝芳〉，《中國文哲研究通訊》第 16 卷第 4 期，2006 年 12 月。

[50] 如程芸，《湯顯祖與晚明戲曲的嬗變》（北京：中華書局，2006）；鄒元江，《湯顯祖新論》（台北：國家出版社，2005）；左東嶺，《王學與中晚明士人心態》（北京：人民文學出版社，2000）。

的狀態，「對湯顯祖複雜、深刻的哲學、政治、美學等思想，仍缺乏仔細深入地考辨、精研。」[51]

為什麼會出現這問題現象呢？

鄒元江對此現象提出了針砭觀點：

> 對湯顯祖思想的研究，實際上是要對湯顯祖思想文化視野裡的中國思想文化進行重新認識。這恐怕正是讓人望之而卻步的主要原因。「湯學」研究難以深入，恐怕致命的問題也在此。[52]

誠然，遇上「湯顯祖」三個字，學界往往將之視為古典文學研究範圍，於是思想研究者多不碰觸其思想問題，文學研究者又多對其屬思想領域文獻，缺乏較深入辨析的興趣，於是造成了當今討論議題很熱烈，湯學實質文獻思想研究，卻很冷門的學術現象。

對此現象，筆者想說的是，近來學術界分工日益精密，於中國哲學與文學領域上各有專精者，然問題是，中國文學、哲學、藝術從來就是相通的，最高境界的文學藝術中，蘊含著作者無窮的哲學美學意蘊，我想這是所有中文研究者不會否認的。因此筆者想說的是，打破學術藩籬，讓中國文哲彼此匯通的研究，或許應當有其被重視的一面。

基此，筆者撰寫本書最重要的理由是，希冀由此（一）羅近溪

---

[51] 鄒元江，《湯顯祖新論》（台北：國家出版社，2005），頁456。

[52] 鄒元江，《湯顯祖新論》（台北：國家出版社，2005），頁456。

「一陽之氣」思想及其相關議題 （二）從羅近溪「一陽之氣」到李贄的文藝思想（三）從羅近溪「一陽之氣」到湯顯祖的文藝思想三章節研究內容撰寫、論點深層掘發，及學術思想架構整體建立，能在「抒情傳統」覆蓋性大論述之外[53]，為古典文論界提出以中國思想之「氣」觀念為研究視角的另向觀照進路，強調從與古典文學密不可分的中國思想的「氣」面向，對古典文論意涵進行觀照、詮解的可能性，以為中國文學這一條淵源流長的河脈，注入更多活頭源水，讓其就像羅近溪最喜愛的易經復卦精神一樣[54]，充滿活潑生機，永不止息。

---

[53] 當今國內古典文學研究者，服膺並發揮陳世驤「抒情傳統」者，不在少數。陳世驤先生於〈中國的抒情傳統〉一文曾指出：「中國文學的道統是一種抒情的道統。」（陳世驤，《陳世驤文存》〔台北：志文出版社，1972〕，頁 34。）陳先生這裡的「道統」，若從該篇文章脈絡來看，可明顯看出其並非專指「中國經典學術道統」，而只是「傳統」義。也就是，陳先生以為，中國古典文學的傳統就是「抒情傳統」，這裡的「情」強調的是「作者自我的內在獨白、瞬間感興、強調感情本體的世界觀。」（鄭毓瑜，〈詮釋的界域─從詩大序再探「抒情傳統」的建構〉，《中國文哲研究集刊》第 23 期，2003 年 9 月，頁 31。）據此，被魯迅喻為逐漸擺脫經學附庸地位的魏晉時代，便被視為「純文學」的時代，也就是該時代的文學作品純然是「作者抒情自我」的表徵，而與經學無關。然而，這樣無關乎經典道統的「作者自我情感獨白」，果真合於古代文學精神？

[54] 從方祖猷、梁一群、李慶龍等編校整理的《羅汝芳集》上、下兩冊，可看出羅近溪甚為重視易經復卦的象徵意涵，並以此作為活潑生機「一陽之氣」學說的經典依據。羅近溪對易經復卦的創新詮釋，將是下一章節─羅近溪「一陽之氣」思想研究的重點。

第二章 羅近溪「一陽之氣」思想及其相關議題

　　羅近溪是明代學術頗具影響力的理學家，如程玉瑛先生就指出：

> 近溪不但在晚明思想史上有地位，他的思想與詩文對晚明文學也頗有貢獻。近溪思想闡明「情」及「真心」的觀念，對較他年輕的朋友，不無影響。李贄講「真情」及「真心」的觀念；明代著名戲曲家、為近溪弟子之一的湯顯祖（1550-1616）重視男女之真情。再往後晚明文學重視情的作品，如馮夢龍有《情史》之作，其源流似可追溯自近溪的思想。[1]

由此可見出，羅近溪思想的學術光譜，普照於晚明思想、文論、文學作品各領域。又如鄒自振先生說道：

> 晚明時期的文論，如徐渭的「本色說」，李贄的「童心說」，

---

[1] 程玉瑛，《晚明被遺忘的思想家－羅汝芳詩文事蹟編年》（台北：廣文書局，1995），頁4。

　　袁宏道的「性靈說」，湯顯祖的「至情說」，其哲學基礎都可
以歸到陸王心學。[2]

上述之意為，晚明著名文論哲學基礎均可歸諸陸王心學。而從前一
章節討論可知，就李贄、湯顯祖而言，與其說是陸王心學，毋寧說
是羅近溪這母體思想孕育出其文藝觀點，來得更為具體確切。

　　於此我們注意到，既然就李贄、湯顯祖而言，其文藝思想乃深
受羅氏心學影響而發，那麼其文藝思想中與「氣」相關的論述，很
難不與羅氏心學相關的「氣」論思想，有著千絲萬縷的關係。因此
以羅氏「氣」論思想作為觀照李贄、湯顯祖文藝思想中之「氣」論
及其相關之議題，進而掘發其整體文論深層意蘊，有其一定的可行
性。

　　只是，關於羅近溪「氣」論的核心思想—「一陽之氣」，如前
一章節所述，目前學界尚缺乏深入且全面研究者，因此，本書於此
章節中，擬先對羅氏「一陽之氣」此一觀念及其相關議題作論述，
以為進一步觀照李贄、湯顯祖文論思想的基礎。

　　那所謂「一陽之氣」究竟如何理解起？對此一概念，在羅氏文
獻中有一段相當特別的描述：

　　　一陽之氣，從地中復也。地中即謂之黃中，中而通者，乾陽
　　　之光明，知之所始也。乾知太始處，便名曰「復」，復也者，
　　　即子心頓覺開朗，所謂「復以自知」者也。子心既自知開明，

2　鄒自振，《湯顯祖綜論》（成都：巴蜀書社，2001），頁 193。

又自見光輝愈加發越，則目便分外清朗，耳便分外虛通，應
對便分外條暢，手足便分外輕快，即名中通而理，所謂：天
視自己視，天聽自己聽，己身代天工，己口代天言也。頃刻
之間，暢遍四肢，則視聽言動，無非是禮，喜怒哀樂，無不
中節，天地萬物，果然一日而皆歸。[3]

上述引文的整體大意是，當「一陽真氣」從「地中復」之際，不但
伴有「光輝」、「光明」，更因流行於身體四肢間，而能「視聽言動，
無非是禮」，「喜怒哀樂」於此時「無不中節」，總是一團「和氣」，
天地萬物亦在此一團「和氣」中，感通為一體。

本文擬透過此段引文概念的內容分析，並結合其他相關文獻的
論述，對羅氏的「一陽之氣」思想進行詳細的闡發。只是於此或許
有人會問，何以選擇此段引文，作為理解的入口起點呢？現在，我
們再將目光焦點轉到上述引文去，這段引文有以下幾項觀點，值得
吾人深入窺其堂奧：

一、從「一陽之氣，從地中復」內容及相關文獻探討，當可知
羅近溪「一陽之氣」思想之大概。

二、透過「一陽之氣」與「頃刻之間，暢遍四肢，則視聽言動，
無非是禮」關連性及詳細意涵之探索，當對與羅近溪「氣」論習習
相關的身體觀有一定理解，並有助於吾人進一步掘發羅氏身體觀的
相關議題。

三、透過「一陽之氣」與以上的「喜怒哀樂，無不中節」關係

---

[3] 《近溪子集・卷書》，頁156。

之聯繫，及進一步的羅近溪理想的「情」意涵之討論，能揭示尚未
被學界所洞晰的羅氏「情」觀念意涵。

綜合言之，在上一章節中，吾人曾引蔣年豐先生所說的：古
代中國思想「強調從『性情形氣』具體地感知人的生命」[4]，以此
推之，吾人若能對羅近溪上述引文的「氣—形（身體）—（性）情」
有詳細的闡釋與論述，自當對深受羅氏思想影響，以提出與人生命
實感有關的晚明文論，有一定的深層理解。

基此，本節將先釐清與探討的是，何謂「一陽之氣，從地中復」？
「一陽之氣」所指為何？引文「地中即謂之黃中」的「地中」、「黃
中」究竟為何象徵？這裡的「復」又如何理解？至於羅近溪的身體
觀及理想之「情」的豐富意涵與特徵，將在本章的第二、三節中分
別論述。

第一節　羅近溪論「一陽之氣，從地中復」

一、「一陽之氣」
（一）「仁——一陽之氣」、「天命之性」

凡對易經有涉獵者均知，所謂的「一陽之氣」乃源自《易經》
復卦的卦象。也就是，所謂的復卦卦象乃為「䷗」（震下坤上，自
然取象為「雷在地中」），重陰底下，仍有一絲陽氣存底，其就如冬
至重陰底下，隱隱顫動的「一陽之氣」，能將宇宙迴轉到更暖和的

---

[4]　蔣年豐，《文本與實踐（一）》（台北：桂冠圖書公司，2000），頁13。

氣象去[5]。羅近溪正是藉由易學的「一陽之氣」概念，引出他對宇宙觀、心性論、工夫論、身體觀及喜怒哀樂之情等看法。

　　如在宇宙觀上，從以下文獻可看出，在羅近溪觀念中，這是一個以「仁－一陽之氣」為基底所構成的生機世界：

> 1.惟幸天命流行之中，蓋仁之一言，乃其生生之德，普天普地，無處無時，不是這個生機。山得之而為山，水得之而為水，禽獸得之而為禽獸，草木得之而為草木。天命流行，物與無妄，總曰『天命之謂性』也。[6]

> 2.天地之大德曰生，夫盈天地間只一個大生，則渾然亦只是一個仁矣。[7]

上文第一、二則所描繪出的圖象是，「仁」此一生生之德，是普及於宇宙任何一時空當中。天地萬物俱從「仁」此一「生生之德」，得到生命與生機。「仁」可說是天命授予萬物的「天命之性」。又以下文獻將「仁」概念與冬至「一陽之氣」意象綰合在一起，顯示出羅近溪獨特的「仁」詮釋模式：

5　關於《易經》復卦所涉及的理學工夫論議題，楊儒賓先生於〈一陽來復－《易經‧復卦》與理學家對先天氣的追求〉一文，有相當全面而精微的闡述。（參見楊儒賓、祝平次編，《儒學的氣論與工夫論》〔台北：台大出版中心，2005〕，頁103~159。）

6　《近溪子集‧卷書》，頁178。

7　《近溪子集‧卷射》，頁92。

1. 曰:「如何是天下歸仁?」羅子曰:「一陽之氣雖微,而天地萬物生機皆從是發。」[8]

2. 此「仁」字,溯其根源,則是乾體純陽,生化萬類,無一毫之間,無一息之停,無一些子之昏昧,貫徹民物,而名之曰:天命之性也。[9]

3. 後來卻只得叫他做乾畫,叫他做太極也,此便是性命的根源。[10]

以上第一則描述,「天下歸仁」狀態是「一陽之氣雖微,而天地萬物生機皆從是發」。從此則可看出,羅近溪將所謂的「仁」,具體化為「一陽之氣」(以下簡稱「仁——一陽之氣」),宇宙間能因此「仁——一陽之氣」之微微流行,便充滿活潑生機。且引文第二則更明白指出,「仁——一陽之氣」之根源,乃為「乾體純陽」。此一「乾體」的「純陽之氣」能生化萬物,生化後亦會貫徹民物,而為萬物共同具有的「天命之性」[11]。又如引文第三則所說的,作為萬物「天命之

---

[8] 《近溪羅先生一貫編》,頁360。

[9] 《近溪子集‧卷書》,頁157。

[10] 《近溪子集‧卷射》,頁81。

[11] 如羅近溪說道:「宇宙之間,總是乾陽統運,吾之此身,無異於天地萬物,而天地萬物,亦無異於吾之此身。」(《近溪子集‧卷數》,頁220。)就此意義而言,萬物與吾身之間,並無殊異。

性」[12](「性命」)的「仁——陽之氣」,其最究極根源便是「太極」。

(二)「道」

於此引起吾人關注的是,萬物從宇宙「太極」所得之「仁——一陽之氣」此一「天命之性」[13],在羅近溪觀念中,究竟有何重要意義或作用,以讓其聚焦此一論題,而自成一套話語體系?面對這樣的提問,以下文獻說明了「道」與「性」緊密的臍帶關係:

> 道之所在,性之所在;性之所在,天命之所在也。[14]

在羅近溪觀念中,「天命之性」所在之處,就有「道」的存在。而如前所述的,宇宙萬物間總貫徹著「仁——一陽之氣」此一「天命之性」。由此,「道」就如以下羅近溪所說的,是森然遍佈、活躍於宇宙萬物間的:

> 斯道之流行也,寥廓於宇宙,活躍於形生。[15]

---

[12] 如前文論及,「仁」可說是天命授予萬物的「天命之性」。

[13] 如羅近溪說道:「吾心良知,妙應圓通,但此個知,原是天命之性,天則莫之為而為,命則莫之致而至。」(《近溪子集·卷射》,頁91。)、「良知以為知而不假思慮,良能以為能而絕些勉強,無晝無夜,其靈妙從虛空涌將出來,乃為天命之性。」(《近溪子續集·卷乾》,頁230。)

[14] 《近溪子集·卷坤》,頁283。

[15] 〈與楊復所太史〉,頁673。

此道炳然宇宙，原不隔乎分塵。[16]

森然具布，而渾然生化，理也，而莫非一也。[17]

上述引文均指出了，就羅近溪而言，這是一個「道」「理」流行的意義宇宙。物我之間，均有「道」「理」在其中。如就「物」而言，羅近溪以為：「鳶飛魚躍，無非天機。聲笑歌舞，無非道妙。發育峻極，眼前都是」[18]。「天機」、「道」就在宇宙「仁——一陽之氣」流行間。「仁——一陽之氣」落實為宇宙萬物的「天命之性」，「道」的意義就示現在每一物天命之性中。

（三）「赤子之心」

當然，從羅氏說道：

反思原日天初生我，只是個赤子，而赤子之心却說渾然天理。[19]

---

[16] 〈明德夫子臨行別言〉，頁 299。
[17] 〈胡子衡齊序〉，頁 452。
[18] 〈近溪羅夫子墓碣〉，頁 927。
[19] 《近溪子集·卷坤》，頁 74。

蓋人能默識得此心此身，生生化化，皆是天機天理。[20]

可知就「人」來說，羅近溪最重視的是，「仁——一陽之氣」落實於人身上，並在赤子時期就可示現天機天理的「天命之性」，也就是羅近溪所稱之的「赤子之心」。

換言之，被當代新儒家詮釋為「道德主體性」的「赤子之心」，就其來源考察之，其實乃如以下引文第一則的「一團靈物」：

殊不知天地生人原是一團靈物，萬感萬應而莫究根源，渾渾淪淪而初無名色，只一「心」字，亦是強立。[21]

蓋人則其氣清正，能覺者多；物則偏濁，而能覺者少也。[22]

其（道）用無方，其幾莫息。然神而明之，以參贊乎其間者，非人則無望焉。故曰：人者天地之心也。[23]

然《禮經》云：「天地之性，人為貴。」人之所以獨貴者，則以其能率此天命之性而此成道也。如山水雖得天性生機，然只成得個山水；禽獸雖得天性生機，然只成得個禽獸；草木雖得天性生機，然只成得個草木。惟幸天命流行之中，忽

---

[20] 《近溪子集·卷禮》，頁 5。
[21] 《近溪子集·卷乾》，頁 270。
[22] 《近溪子集·卷樂》，頁 45。
[23] 〈與楊復所太史〉，頁 673。

> 然生出汝我這個人來。……以有覺之人心，而弘乎無為之道
> 體。[24]

羅近溪以為，人之所以被稱為萬物中獨貴者，乃因山水草木禽獸等
萬物雖得「仁——一陽之氣」此一「天命之性」，卻只能示現道生機
流行訊息，不能實踐弘揚之。而人所受之「一陽之氣」，乃秉天地
太和最清正最靈秀之氣所生，所以由此清秀靈妙的「一陽之氣」所
凝聚而成的「赤子良心」，具有「神而明之」能力，能覺知道的流
行所在，實踐道體所蘊具的意義，存於「天道」「性命」（「天命之
性」）相貫通的價值世界裡，進而幫助天地萬物各得其性，各安其
位，各得其所，以參贊天地化育萬物之功，故人被稱為「天地之心」。

（四）「往來不息」

關於由「太極」最清靈的「一陽之氣」所生成的「赤子之心」，
羅近溪喜歡用「太陽」來描述之，如：

> 蓋以天有太陽，周匝不已而成之者也。心在人身，亦號太陽，
> 其昭朗活潑，亦何能以自己耶？所以死死生生，亦如環如
> 輪，往來不息也。[25]

24　《近溪子集·卷書》，頁 178。
25　〈羅近溪行實〔節錄〕〉，頁 850。

將「赤子之心」比喻成光明的「太陽」，是因為天上太陽光明、顯赫、「周匝不已」；而「赤子之心」亦光輝活潑，「如環如輪」，「往來不息」。也就是，此段引文道出了「赤子之心」具有以下明顯的特色：

1. 當「赤子之心」的「一陽之氣」於身上作用、流行之際，人身將如太陽般充滿光輝與生機。

2. 人之形體有生死大限，但「赤子之心」的「一陽之氣」卻在人形體化成灰後，仍如太陽輪轉般地往來不息。

總言之，這個世界從形而下的眼光看來，是一大堆物質，僅供我們衣食溫飽。但羅近溪卻要我們深入或超出一看，看出這世界畢竟另有一種力量，一種來自於宇宙根源－「太極」的「仁——陽之氣」的東西，讓萬物一體，起著萬物俱是「道」意義示現的作用。這是一個佈滿「天道」的「意義世界」，而非一個純然地「物的世界」。雖然形而下的宇宙萬物，就如人的肉身形體一樣，有開始，有結束（死亡時間），生命在當中逐漸耗損。但包括人身在內，萬物所共同含具的「天命之性」－「仁——陽之氣」（在人身上特別稱之為「赤子之心」、「良知良能」），乃至於「仁」「一陽之氣」所相通的「道」，就如前引文所提到的「如環如輪，往來不息」一樣，則是可來去逆轉，無始無終，亦無耗盡。這世界的宇宙萬物，同時具有「凡俗－生死無常」與「『一陽之氣』『道』生生不止息」兩種不同存在價值面向[26]。

---

[26] 如晚明學者楊復所（1547-1599）便曾說過：「以俗眼觀世間，則充天塞地皆習之所成，無一是性者；以道眼觀世間，則照天徹地皆性之所成，無一是習

簡言之，關於「一陽之氣」，可以下面圖文表示：

落實於「天地萬物」，為萬物「天命之性」（萬物俱示現「道」。）

太極→「仁—一陽之氣」（與「道」、「天理」相通。）

落實於「人」身體，而為「赤子之心」（「此心此身，生生化化，皆是天機天理」，此「心」與「天機天理」相通，示現「天理」意義。）

底下要問的是，既然從「太極」而來的「一陽之氣」，亦會落實於人身上，而為所謂的「赤子之心」，使人充滿光輝、生機與生生不息。那麼羅近溪所謂「一陽之氣，從地中復」的「地中」，究指何意呢？

二、「地中」
（一）意識深層處

關於「地中」，可參考以下引文：

蓋雷潛地中，即陽復身內，幾希隱約，固難以情意取必，又

者。」（《太史楊復所先生證學編》）足見楊氏也是認為，這世界是具有「俗」與「道」兩重意涵。

豈容以知識同窺？[27]

以上的「雷潛地中」乃專指復卦意象。也就是，所謂的復卦卦象乃為「䷗」（震下坤上，自然取象為「雷在地中」）。而從以上引文可知，羅氏以為，初爻所表示的「陽爻」，即象徵著「雷」亦即「一陽之氣」，其他的陰爻則為「地」亦即「身體」的象徵[28]。至於「雷潛地中，即陽復身內」，便意指著那來自太極的先天之氣－「一陽之氣」，將在「身內」進行「復」工夫。由此可知，羅近溪所謂「一陽之氣，從地中復」的「地中」乃指「身體」。

值得一提的是，以下引文道出了「一陽真氣」在「身體」進行「復」工夫的更詳細部位：

> 太陽有赫，吾明德也。古之人光被四表，即克明其明德，而天下歸仁也。慎之哉！此際人己相通，心目炯炯，是則海底紅輪，而復以自知處也。[29]

上述引文道出了以下幾項要點：

1.進行「天下歸仁」「復以自知」工夫之際，整個身體可像太陽顯赫般充滿光芒。也就是，在前文中，我們曾引羅氏文獻指出，「天下歸仁」狀態是「一陽之氣雖微，而天地萬物生機皆從是發」，亦

---

[27] 《近溪子集・卷書》，頁 222~223。

[28] 如羅近溪便曾說到：「蓋形軀本是屬陰。」（《近溪子集・卷樂》，頁 51。）

[29] 《近溪子集・卷書》，頁 163。

即當「仁——一陽之氣」起作用、流行之時，天地間便充滿生機。而於此，羅近溪表示，古時之人之所以全身像太陽顯赫般充滿光芒，便是因為進行「天下歸仁」工夫。此時身心將呈現炯朗狀態。

2.當「天下歸仁」「復以自知」時，人與人之間可相互感通。

3.有如光明「太陽」的「仁——一陽之氣」進行「復以自知」工夫的場域與回歸處，乃在「海底紅輪」。

以上第一點，在前文已論及，於茲不贅。第二點的「感通」之說，下文論及。於此我們將專談第三點的「海底紅輪」。

關於此「紅輪」概念，若與前文的「太陽」意象結合，可知其即為「仁——一陽之氣」。至於「海底」，可參考近溪記述自己專心致志於修身工夫，而得徹悟之經驗：

> 驚惕慚惶，汗流浹背，從是迷悶，鬼神瞑漠，若無可出活然者。專切久久，始幸天不我棄，忽爾一時透脫，遂覺六合之中，上也不見有天，下也不見有地，中也不見有人有物，而蕩然成一大海，其海亦不見有滴水纖波，而茫然只是一團大氣。其氣雖廣闊無涯，而活潑洋溢。覺未嘗一處或纖毫而不生化，其生化雖混涌無停，而幾微精密，又未嘗一處或有纖毫而不靈妙。然此生化、靈妙，默而會之，似若影響可言，乃即而求之，實是端倪莫得，則此一團神氣，充運海中，且尤未嘗一處或有纖毫而不玄洞虛通也。其時身家境界，果然換過一番，稍稍輕安自在，不負平生此心。[30]

---

[30] 《近溪羅先生一貫編》，頁 354~355。

若熟悉前文「仁——一陽之氣」的文獻描述，那麼引文中的「茫然只是一團大氣。其氣雖廣闊無涯，而活潑洋溢。覺未嘗一處或纖毫而不生化，其生化雖混涌無停，而幾微精密，又未嘗一處或有纖毫而不靈妙」、「一團神氣，充運海中」的「神氣」便不難理解了。此「神氣」很明顯指的即是活潑洋溢、生化靈妙的「一陽之氣」。而引文中「遂覺六合之中，上也不見有天，下也不見有地，中也不見有人有物，而蕩然成一大海」的「大海」，乃專指當人專心致力於修身工夫，逐漸逼近意識底層[31]，所內視到的心靈意象。也就是，這裡所謂的「大海」，前文所指的「海底紅輪」的「海底」意象，只有當人生命之流潛入於深層意識處，才能看得到的。一個長期以聞見知識、理性意識思考的人，對於這樣深層黝黑的世界，是相當陌生的。

既然「赤子之心」「復以自知」工夫回歸處，乃在深層意識中。由此可見，羅近溪所謂「一陽之氣」，應當落實於「人」身的淵深意識處，而稱之為「赤子之心」。正由於「赤子之心」的「一陽之氣」，乃在意識深層處，所以我們不難了解，何以羅氏將「心」比喻成「淵泉」：

> 學者於此心之體之幾，果能默會潛求，研精入妙，天人合而造化為徒，物我通而形神互用，則淵泉溥博，時出無窮。不惟

---

[31] 下文中論及「意識底層」、「意識深層」將以本段論述為依據。也就是，羅近溪的「海底紅輪」的「海底」概念，乃隱喻「一陽之氣」於人身體之處，就在只有修身工夫所能及的意識深層處。此「意識底層」、「意識深層」，並非當代佛洛依德、容格等人嚴格意義下所主張的心理學名詞。

　　仁昭義立之可期，禮陳智燭之獨至，大用顯行，生惡可已。[32]

此段引文提出了以下兩項要點：

　　1.當「心」所涵有的「仁——一陽之氣」作用無窮之際，天人、物我、形神俱相互感通、涵攝。此作用無窮狀態，可用「淵泉溥博，時出無窮」來表示。

　　2.所謂「仁義禮智」等性，亦在此時明顯起作用。

　　我們以為，羅近溪於此會以「淵泉溥博，時出無窮」，來描述「心」之妙用狀態，便是因為人的「赤子之心」乃至此「心」所涵有的「仁——一陽之氣」，當在有如「淵泉」所處的意識底層。既然「赤子之心」的「仁——一陽之氣」，乃在人的意識底層，那麼以上引文的「仁昭義立之可期，禮陳智燭之獨至」——與「赤子之心」相關的「仁義禮智」等性內涵，就有從意識底層角度進行理解的必要。

（二）「仁義禮智」

　　也就是，關於此一「赤子良心」，如前所述，其亦可稱之為「仁」，但從下文可知，就人而言，那只是一個總稱：

　　　仁既能識，則其體可備萬物，其德可統萬善，故曰：義禮智

32　《近溪子集·卷射》，頁96。

信皆仁也。[33]

況天命之性，固專謂仁、義、禮、智也已。[34]

蓋仁以根禮，禮以顯仁，則自視聽言動之間而充之。[35]

原來，就人來說，可名為「良知良能」、「赤子之心」的「仁」，其實包含了「仁義禮智信」五性，「仁」乃為其它四性根本，如從上文最後一則的「蓋仁以根禮，禮以顯仁，則自視聽言動之間而充之」，便可看出「仁」在羅近溪觀念中的重要性。也就是，前文的「赤子之心」，在羅近溪觀念中，即為「仁義禮智信五性」，尤以「仁性」為代表。關於「仁性」，從以下引文可知其更詳細的內涵作用：

1. 此心之體，其純乎仁時，圓融洞澈，通而無滯，瑩而無疑。[36]

2. 夫心，生德也，活潑靈瑩，融液孚通。天此生，地亦此生也；古此生，今亦此生也，無天地無古今而渾然一之者也。生之謂「仁」，生而一之之謂「心」，心一則仁一，仁一則生無弗一也。[37]

---

[33] 《近溪羅先生一貫編》，頁 358。
[34] 《近溪子集·卷射》，頁 87。
[35] 《近溪子集·卷射》，頁 83。
[36] 《近溪子集·卷御》，頁 192。
[37] 《近溪羅先生一貫編》，頁 340。

　　3. 蓋吾身軀殼，原止血肉，能視聽而言動者，仁之生機為之
　　體也。推之而天地萬物，極廣且繁，亦皆軀殼類也，潛通默
　　運，安知我體之非物，而物體之非我耶？[38]

上述文獻材料揭顯了，「仁心」之發用，在於一個「通」字[39]，「通」
人己[40]，「通」萬物[41]，或者說，與其它人物的「仁性」「一陽之氣」
相互感通，甚或感通「仁性」「一陽之氣」所涵有之「天機天理」，
如羅近溪曾說道：「仁且智，則德率諸性而道合乎內外矣。性機生
活，道妙圓通。」[42]這裡指出了，仁性與道妙總是休戚相關的感通。
天地萬物，於此之際，構成一個「道」的意義整體[43]。
　　至於其他「義禮智信」四性，羅氏以為，只要不斷培養仁性種
子使之成熟，「義禮智信」四性便隨之長成。如以下所說：

---

[38] 《近溪子集·卷御》，頁 111。

[39] 如引文第一則的「其純乎仁時，圓融洞澈，通而無滯」。引文第二則的「夫
心，生德也，活潑靈瑩，融液孚通」。

[40] 如前文曾提及的「即克明其明德，而天下歸仁也。慎之哉！此際人己相通，
心目炯炯」。

[41] 如引文第三則的「仁之生機為之體也。推之而天地萬物，極廣且繁，亦皆
軀殼類也，潛通默運，安知我體之非物，而物體之非我耶？」。

[42] 《近溪子集·卷樂》，頁 55。

[43] 如近溪指出：「故善觀天地之所以生化人物，人物之所以徹通天地，總然此
是神靈，以充周妙用，毫髮也無間，瞬息也不遺，強名之曰心。而人物天地，
渾淪一體者也。……至若靈而謂之虛者，不過是形容其體之浩渺無垠；又靈
而謂之竅者，不過是形容其用之感通不窒。」（《近溪子集·卷數》，頁 197。）

　　至義、禮、智、信，總是培養種子，使其成熟耳。[44]

當「赤子之心」的「仁－一陽之氣」如淵深的泉水，無窮盡地從意
識底層涌出之際，如前文所述，羅氏以「仁昭義立之可期」表示，
「仁性」昭顯，「義性」的確立是可期待的。詳言之，「義性」將以
淵深意識處的「仁－一陽之氣」感通作為根柢，自然而然地做出合
乎道義的本能行為，不至淪為只求理性是非、不通達人情的獨白式
道德判斷，而是能以「仁－一陽之氣」感通到他人最深層的心理，
自然而然地作出合乎時宜、切近深層人情的道德義理本能行為。如
從羅氏所說的：「仁義之實，只是愛親從兄」[45]、「殊不知仁義是個
虛名，而孝弟乃是其名之實也」[46]，可知從某一角度來說，仁義只
是個虛名看不見的東西，惟從最平常實際的人倫互動中，所發出的
「不慮而自知，不學而自能」的「孝悌慈」本能行為[47]，方能感受
到其「仁義之性」的存在[48]。

---

[44] 《近溪子集·卷數》，頁 212。

[45] 《近溪子集·卷射》，頁 100。

[46] 《近溪子集·卷御》，頁 135。

[47] 如「夫孩提之愛親是孝，孩提之敬兄是弟，未有學養子而嫁是慈，保赤子，
又孩提愛敬之所自生者也。此個孝弟，原人人不慮而自知，人人不學而自
能，亦天下萬世人人不約而自同者也。」（《近溪子集·卷御》，頁 108。）

[48] 從這裡的文獻看來，可知羅氏所謂「赤子之心」、「仁心」其實至少包涵了
「仁義禮智」四性，而道德是非判斷，其實只是這當中「義之性」所發用的
義理與行為，並不代表「赤子之心」內涵的全部；同時，從羅近溪所說的「至
義禮智信，總是培養種子，使其成熟耳」（《近溪子集·卷數》，頁 212），亦
可看出「赤子之心」中「義之性」是以淵深意識處的仁性感通為其根源種子，
且其所發露的愛親敬長等孝悌慈行為，乃屬人人「不慮而自知，不學而自能」

再者，前面引文的「禮陳智燭之獨至」，就「禮之性」而言，若結合所謂的「仁、禮，一體而互用者也。禮非仁弗達，仁非禮弗明」[49]，可知「禮之性」亦在以深層意識處的「仁－一陽之氣」作為根源下，於身體的每一視聽言動之間，顯陳禮文，同時身體的每一禮文動作，均為「天則」、「道」的意義展現[50]。也就是，在人生活情境中，並非全都在從事道德義理行為，「義之性」只有在需從事道義行為下才發用。但只要人身上的「仁－一陽之氣」無止盡地從意識底層處發用流行時，人日常生活中的身體行為，均是一種「天機」「天則」的示現。

接著將探討的是，前面引文的「禮陳智燭之獨至」當中所謂「智燭」概念。羅氏曾指出：

> 明德者，人之所不慮而知，其良知也。[51]

> 明德猶燭也，明明德於天下，猶燭然而舉室皆明也。[52]

這裡的良知「明德」，若結合前文曾引用的「太陽有赫，吾明德也。

的本能行為。

[49] 《勩雪松潘孝廉士藻》，頁 719。

[50] 如羅近溪以為「捧茶童子，卻是道也」（《近溪子集·卷樂》，頁 44）。也就是，「道」正展現於童子捧茶的日常行為中。

[51] 《盱壇直詮》，頁 387。

[52] 《盱壇直詮》，頁 387。

古之人光被四表，即克明其明德，而天下歸仁也」[53]，可知其當指「仁——陽之氣」於身上流行作用之際，人身如太陽般充滿光芒的狀態。基此，我們便不難理解，當良知「明德」之「仁——陽之氣」放光明之際，就如「蠟燭」一樣，能讓天下之人頓覺光輝閃耀。由此推之，「智燭」的狀態當指，當「仁——陽之氣」從意識底層處流通於身體之際，整個耳目手足俱聰明、靈動起來，就如點燃「蠟燭」般地大放光彩，並得以感知視聽言動俱是道的意義流行。如羅近溪說道：

> 心雖在人中，而道實在心中，但人自不覺知耳。……而一旦覺悟，則耳目聽視、形骸之運用，皆渾然見得是心，心皆渾然見得是道。[54]

這裡便指出，人之「赤子之心」實乃與「道」相通。當體悟此心之體，使「仁——陽之氣」從意識底層流通於身體，耳目所聽所視，無非是道流行的世界實相。

總之，透過上面的論述，可知只有當人之「仁——陽之氣」從意識底層處，如源泉滾滾般地湧現出來，與「赤子之心」相關的「仁義禮智」等性內涵才能大顯作用，如「仁性」才能感通天地人萬物[55]，且此「仁性」為其他四性之根本。「仁心」感通之際，「義性」

---

[53] 《近溪子集・卷書》，頁163。

[54] 《近溪子集・卷禮》，頁33。

[55] 楊儒賓先生曾說道：「仁者氣象與天地生物氣象相通，此義絕非魏校的創見，這是理學的共法，程頤與羅汝芳尤善此義。」（楊儒賓，〈變化氣質、養

可自然而然做出道義行為或判斷,「禮性」可自然顯現「天理」禮文,「智性」可自然大顯光芒,洞明天理意義世界。

(三)「自然」、「真」

正因人「赤子之心」的「仁──一陽之氣」乃在心靈深層的意識處,於是當此心氣瀰漫入身時,身體乃回歸到了深層意識狀態,此時此刻就如羅近溪所說的:「《大學》之明德,自可上通乎帝天,而下光乎率土」[56]──可與天地相通為一。不僅如此,在此狀態中,一切的行為與思慮,更有了以下的特色。

如在思慮上,羅近溪說道:

> 良知心體,神明莫測,原與天通,非思慮所能及,道理所能到者也。[57]

> 知之所以為知,是本然之知,而非聞見之知也。[58]

上文大意可分成兩個層面來敘述:

1. 要在神明莫測的意識深層狀態中,才能感知到與天相通的「良知心體」,其不是在平常理性意識狀態下思慮聞見,不是充實

氣與觀聖賢氣象〉,《漢學研究》第 19 卷第 1 期,2001 年 6 月,頁 119。)

[56] 《近溪子集·卷御》,頁 126

[57] 《近溪子集·卷御》,頁 120。

[58] 《近溪子集·卷禮》,頁 17。

世間道理學問即可得知。

　　2. 正因赤子良知乃處意識深層處，所以其所謂的「知」，是出自本然本能的「知」，不是人為理性思慮的認知。

　　又如在行為動能上，羅近溪表示：

> 今細看，天命之性，即是天生自然，率性而行，即是從容快活也。[59]

> 良知以為知而不假思慮，良能以為能而絕些勉強，無晝無夜，其靈妙從虛空涌將出來，乃為天命之性。[60]

> 中庸者，民生日用而良知良能者也。故不慮而知，即所以為不思而得也；不學而能，即所以為不勉而中也。不慮、不學、不思、不勉，則即無聲臭而闇然以淡、簡、溫矣。[61]

上文道出了，由赤子良知所發用的行為，均是從容快活，率性而行的[62]。一切俱是自自然然，毫無任何刻意勉強；且其一切行為正因出自自然，沒有任何人為理性的刻意造作與思慮，由此所形成的「淡、簡、溫」等簡樸淡然的境界，才能進入聲臭俱無的「道」的

---

[59]　《近溪子集·卷書》，頁 165。

[60]　《近溪子續集·卷乾》，頁 230。

[61]　《近溪子集·卷禮》，頁 7。

[62]　如羅近溪說：「率性者，自然而然，不別加意思是也。」（《近溪子集·卷書》，頁 149。）

世界。如羅氏說道:「蓋道之至處,是聲臭俱無,聲臭俱無,須淡、簡、溫以入之也。」[63]

也因自然淡然,對於「赤子良知」,羅近溪亦喜以「真」字來形容之:

> 繼須顧諟天明,慎畏將奉,赤子真心於時保之矣。[64]

> 真偽本聖狂關頭。[65]

如引文第一則所言,「赤子良心」又稱「赤子真心」。同時若結合引文第一、二則來看,「聖人」「狂人」不同的關鍵處,便在於「真／偽」區分,在於聖人因能時時保有赤子孩提所發越的「赤子真心」,故能「通明」於道,處於道真機的意義世界,不像狂人蒙蔽「赤子真心」,於凡俗世界肆無忌憚。

(四)萬物「一體」、塵欲物念消失

由此「自然」、「天真」特性,也讓吾人看到羅氏對人為私欲、用智思慮介入的反對。如以下引文:

63　《近溪子四書答問集》,頁 311。
64　《近溪子集·卷書》,頁 157。
65　〈報樂安曾生應德〉,頁 676。

> 天機、人事，原不可二，固未有天機而無人事，亦未有人事
> 而非天機。只緣世之用智者，外天機以為人事；自私者，又
> 外人事以求天機，而道術於是乎或幾乎裂矣。[66]

以上道出了世之用智與自私，是無法讓人體悟到完整的道術世界。
然羅近溪以為，當人年紀增長，偏偏容易自私：

> 吾人與天，原初是一體，天則與我的性情，原初亦相貫通；
> 驗之，赤子乍生之時，一念知覺未萌，然愛好骨肉，熙熙恬
> 恬，無有感而不應，無有應而不妙，是何等景象，何等快活！
> 奈何後因耳目口體之欲，隨年而長，隨地而增，一段性情，
> 初焉偏向自私，已與父母兄弟相違，及少及壯，則天翻地覆，
> 不近人情者，十人而九矣。[67]

羅近溪以為，吾人赤子乍生之時，於淵深意識處的「赤子之心」，
與天則天道是相貫通的，每一動作感應，俱是從容快活，俱是道的
意義示現（儘管此時「智性」尚未完全成熟，故對於仁心「日用而
不自知」[68]），只是當隨年而長，受外物影響，偏向自私，由此私欲
增長，漸漸遠離那可與天道相貫通的「赤子之心」淵深意識世界，

---

[66] 《近溪子集·卷御》，頁 146。

[67] 《近溪子集·卷御》，頁 124。

[68] 羅近溪指出：「吾人此身，自幼至老，涵育其中，知見云為，莫停一息，本
與乾元合體。眾卻日用不著不察，是之謂道不能弘人也。」（《近溪子集·卷
禮》，頁 28。）

僅存於耳目口體之欲飽足的凡俗意識世界。當人在凡俗意識世界中打滾欲求越久，痛苦就越多，原因如下：

> 心為身主，身為神舍，身心二端，原樂於會合，苦於支離。故赤子提孩欣欣，長是歡笑，蓋其時身心猶相凝聚，而少少長成，心思雜亂，便愁苦難當了。世人於此隨俗習非，往往馳求外物，以圖得遂安樂。不想外求愈多，中懷愈苦，甚至老死不克回頭。惟是善根宿植、慧目素清的人，他卻自然會尋轉路。曉夜皇皇，如饑莩想食，凍露索衣，悲悲切切，於欲轉難轉之間，或聽好人半句言語，或見古先一段訓詞時，則憬然有個悟處，所謂皇天不負苦心人。到此，方信大道只在此身，此身渾是赤子，又信赤子原解知能，知能本非學慮，至是，精神自來貼體，方寸頓覺虛明。[69]

這段引文說明了，於人身意識底層的「赤子之心」，其「一陽之氣」若流通於身體上，那麼其所知所感俱是赤子般歡樂[70]。而人一旦長成，便因欲求外物，捨之而苦。對於這種痛苦，羅近溪以為有根器之人自然會尋求解脫之路，也就是來自意識深層處，會自然而然地湧現出求解脫的聲音，尤其在世沉淪的某一夜，耳邊腦海會忽然響起往昔師友們或先覺聖賢的明訓格言，於是猛然醒悟地「信」到，

---

[69] 《近溪子集·卷樂》，頁 37。

[70] 這裡說明了「赤子之心」本質的情感就是「樂」，只是此「樂」情會因物質私欲的追求，而被壓抑在意識底層。關於此赤子之「樂」，將於下文討論羅近溪理想的「情」觀念時，再作詳述。

此身深層意識處埋藏著往常歡笑、可讓人處於大道境界的「赤子之心」。於是在一股不甘心淪為「物」奴隸的覺悟情境下，往常那段精神─「一陽之氣」，於此之際，從意識底層處流通，與身體貼合，身心由此頓覺清明 。

然而，這樣的「信」及身體隨之而來的清爽震憾，其實只是覺悟的開端，羅近溪以為，「信」後，還要敏於「修身」篤行，如以下引文：

> 天下本在國，國本在家，家本在身。於是能信之真，好之篤，
> 而求之極其敏焉，則此身之中，生生化化，一段精神，必有倏
> 然以自動，奮然以自興，而廓然渾然，以與天地萬物為一
> 體，而莫知誰之所為者。是則神明之自來，天機之自應，若
> 銃砲之藥，偶觸星火而轟然雷震乎乾坤矣。至此則七尺之
> 軀，頃刻而同乎天地，一息之氣，倏忽而塞乎古今。其餘形
> 骸之念，物欲之私，寧不猶太陽一出而魍魎潛消也哉！[71]

上述引文可分成以下三點論述：

1.「天下本在國，國本在家，家本在身。於是能信之真，好之篤，而求之極其敏焉，則此身之中，生生化化，一段精神，必有倏然以自動，奮然以自興，而廓然渾然，以與天地萬物為一體，而莫知誰之所為者」─「修身」堅篤勤敏的實踐結果，將使得潛於人身

---

[71] 《近溪子集·卷禮》，頁 28。

意識底層的「一段精神」—「仁——陽之氣」[72]，自然地奮然躍動興發，進而與天地萬物為一體。

2.「是則神明之自來，天機之自應，若銃砲之藥，偶觸星火而轟然雷震乎乾坤矣。至此則七尺之軀，頃刻而同乎天地，一息之氣，倏忽而塞乎古今」—當人與萬物為一體，便能自然而然與天地神明、天機天理相感應。因為此時身心結構徹底轉化成意識深層狀態，在此狀態下，乃完全沒有天地古今之時空限制。

3.「其餘形骸之念，物欲之私，寧不猶太陽一出而魍魎潛消也哉」—當篤行於「修身」，有如光明太陽的「仁——陽之氣」充滿於體內，塵世間的欲念均能消失於無形。

以上第一、二點的「倏然以自動，奮然以自興」、「神明之自來，天機之自應」、「頃刻而同乎天地」、「倏忽而塞乎古今」精義，我們留待討論羅近溪身體觀時再議。我們要討論的是，第一、三點的進行「修身」實踐，可達「廓然渾然，以與天地萬物為一體」，同時可讓世俗私欲消失的觀念。

上述引文道出了如此的觀念：「修身」堅篤勤敏的實踐結果，將使得潛於人身意識底層的「仁——陽之氣」充滿於體內，塵世間的「形骸之念，物欲之私」均能消失於無形。亦即，充滿「仁——陽之氣」的身心，是毫無私欲的身心，此時能與天地萬物為一體。詳言之，就羅近溪而言，這是一個「一陽之氣」佈滿整個宇宙的世

---

[72] 從引文後段的「與天地萬物為一體」、「一息之氣，倏忽而塞乎古今」，可知前段的「生生化化，一段精神」，乃就「仁心」「一陽之氣」而言。因此仍涉及身體的煉氣之說。

界，有「一陽之氣」之所在，就有「道」之所在，當其落實於人身
上，便成為在赤子時期就可示現天機天理的「天命之性」，也就是
羅近溪所稱之的「赤子之心」。若此「赤子之心」的「一陽之氣」，
從深根寧極的意識底層處，充滿於人身之中，將能「廓然渾然，以
與天地萬物為一體」，且此時人間的私欲是消失於無形的。

　　只是，要與天地萬物為「一體」，讓「形骸之念，物欲之私」
消失於無形，羅近溪強調，需藉助於「修身」。而對於此「修身」
觀念，羅氏曾說道：

　　　　然則復之不遠，非修身如何？[73]

以上引文乃指，要做「復」工夫，就從最就近的「修身」實踐起。
由此文可看出，在羅近溪觀念中，「修身」與「復」概念具有緊密
關聯性。而所謂「復」究竟如何理解，其是如何進行「修身」的？
所謂「一陽之氣，從地中復」整體的意涵又該作何解釋？這些留待
下文論述分析。

三、「復」
（一）「克己復禮」、「聖」

　　所謂「復」，從上文所述可初步得知，羅氏正是藉由對易經復
卦的詮釋，引出他對「復」工夫的獨到見解。又從以下引文的「克

---

[73]　《近溪子續集・卷坤》，頁281。

己復禮」工夫論述，可知羅近溪更詳細的「復」觀念：

> 顏子克己復禮，便心不著物，即流通神妙。[74]

> 聖人教顏子「克己復禮」，象山先生解作「能身復禮」，而復，
> 即一陽初復之「復」，謂用全力之能於自己身中，便天機生
> 發而禮自中復也。[75]

綜合以上所述，可知所謂「克己復禮」乃指「能身復禮」——也就
是「用全力之能於自己身中」，如此有朝一日，源於太極的「一陽
之氣」將於體內渾然流行，如此將自然感應天機天理，自然化成禮
文顯現出來，如古代顏回便因為進行「克己復禮」工夫，所以其心
便「不著物」，也就是不受外物影響，其心之「仁－一陽之氣」將
在身體內神妙地流通，而呈現「復禮」狀態。那究竟如何理解羅氏
的「修身－克己－能身－用全力之能於自己身中」呢？

　　以下引文先不說如何「修身」，而是告訴凡夫俗子的我們，當
「復禮」到達「聖」境狀態是何等的神妙：

> 顏子之「一日復禮」，是復自一日始也，自一日而二日而三
> 日，以至十百千日，渾然太和元氣之流行，而融液周遍焉，

---

[74] 《近溪子集·卷書》，頁 192。
[75] 《近溪羅先生一貫編》，頁 360。

即時而聖矣。[76]

> 聖者，神明而不測者也。故善觀天地之所以生化人物，人物
> 之所以徹通天地，總然此是神靈，以充周妙用，毫髮也無間，
> 瞬息也不遺，強名之曰「心」。而人物天地，渾淪一體者也。[77]

綜合以上引文大意，顏回的修身「復禮」工夫，是日日漸進式的，
等到意識深層處的「仁——一陽之氣」，流通感應太極純陽元氣在體
內渾然流行，更甚者，其「心」之「一陽之氣」感通到了天地萬物，
與之渾然為一體，便證成了所謂「聖」者。也就是，所謂「聖」者，
雖是神明不測，但無非指向其「心」之「一陽之氣」可感通天地萬
物，而與之渾然「一體」。

（二）「六經」、奇文山水

只是究竟如何「復」以達於「聖」境？以下引文頗值得吾人深
入窺測：

> 夫匠立成器，士志聖神，其精至於無跡，妙入於難窮，取諸
> 智巧焉，則均也。然器非規矩，巧將安施？道非六經，智將

---

[76] 《近溪子集·卷禮》，頁 25。
[77] 《近溪子集·卷數》，頁 197。

奚措？[78]

《易》、《詩》、《書》、《禮》、《樂》、《春秋》，修之業也。[79]

上述引文第一則指出了，志於「聖神」境界的文士，需先將「智」之性安措於六經規矩中[80]。這裡的「道非六經，智將奚措」的讀書觀念，並非現代知識求取的概念，而是一種「修身」實踐[81]，根據先知先覺所寫下的經典進行「修身」實踐，所以才會出現引文第二則的六經為「修」之業的概念。

這裡的「經典」修身觀念，便是羅近溪所相當強調的「先知覺後知」以達於「聖」的觀念：

天生斯民，必先知以覺後知，先覺以覺後覺。今學者為學，其道術亦多端，使非藉先覺經書，啟迪而醒悟之，安能的知聖時之時，而習之也哉？[82]

---

78 《近溪羅先生一貫編》，頁375。
79 《近溪羅先生一貫編》，頁381。
80 這裡引文指出「道非六經，智將奚措」，又羅氏另文指出「此身纔立，而天下之道即現；此身纔動，而天下之道即運」（《孝經宗旨》，頁432），由此可知，身體若依繫於經典實踐，天道即在實踐中示現。
81 關於古代總將讀書與日常身心修煉做有機的連合此一學術議題，可參考彭國翔先生〈儒家傳統的身心修煉及其治療意義－以古希臘羅馬哲學傳統為參照〉一文。（參見楊儒賓、祝平次編，《儒學的氣論與工夫論》〔台北：台大出版中心，2005〕，頁1~45。）
82 《近溪子集·卷數》，頁184。

這裡的藉由先覺經書格言，使人獲得啟發覺悟，其實不只是停留在「悟」或前文所說的「信」的階段，而是伴隨「復」的「根據經典進行修身實踐」的工夫的。

也就是，人要「修身」，並不是盲目無規矩地進行的，而是有所根據的，根據經典「用全力之能於自己身中」地實踐。如以易經經典實踐為例[83]，羅近溪曾說道：

> 初九以至上九，即時也，潛而勿用，以至亢而有悔，即習諸己而訓諸人也。推之六十四卦、三百八十爻，皆時也，皆所謂天之則也，亦皆是習諸己而訓諸人。奉天則以周旋，而時止時行，時動時靜也。[84]

以上大意便是，易經中的卦象爻辭「皆時也，皆所謂天之則也」。而面對這些經典「天則」，羅近溪看法是「奉天則以周旋」、「而時止時行，時動時靜」。換言之，就是根據經典的「天則」，進行身體上的周旋動靜實踐[85]，身體在一種合乎經典規矩之學的律動下，能讓潛藏於意識底層的「陽氣」初動，進而流暢於全身。如羅近溪曾

---

[83] 羅近溪曾說過「仁是歸重在易。」（《近溪子續集·卷坤》，頁 254。）

[84] 《近溪子集·卷射》，頁 81。

[85] 如羅近溪曾說過：「學者須是識仁。即從終食以至終身，只奉天周旋，何等方便快活。」（〈勗當塗吳教授良治〉，頁 719），整個穿衣吃飯乃至全身體的律動，均根據天則天理在周旋實踐。李贄《焚書·答鄧石陽》云「吃飯穿衣，即人倫物理」，當與羅氏「從終食以至終身，只奉天周旋」、「天機以發嗜欲，嗜欲莫非天機也」有關。

提及「六經」與其所謂「安身」的關係:

> 蓋不肖之為人也,嗜好不他著,精神不他費,惟是此學以繫
> 命根,大幸苦心不負,早遇至人,將《語》、《孟》、《學》、《庸》
> 以及《易經》悉滌塵埃,晶光天日。三十年來,穿衣吃飯,
> 終日雖住人寰,注意安身,頃刻不離聖域。[86]

羅近溪穿衣吃飯等,終日不離經典「聖域」,以能「安身」。由此可
看出,羅近溪「修身」、「安身」身體實踐,與「經典」關係之密切。
對於「經典」實踐何以能讓修身者潛藏於意識底層的「陽氣」,流
暢於全身。我們留待討論羅近溪身體觀時再議。於此我們要注意的
是,羅近溪曾提及:

> 或問:「舉業、工夫,如何得合一?」羅子曰:「涵養本原,
> 斯合一矣。夫涵者,所以蘊蓄靈根,使覺性澄澈於無隔也;
> 養者,所以潤長生意,使天機活潑於無滯也,久之萬象森羅,
> 充若有得。又須如陽明先生入試之說,忍弗輕發,俟浸灌融
> 液,時復觸目奇文,雅歌逸調,而卻嗜慾、消燥妄,優悠於佳
> 山勝水之間,或半年期月而不迥出等夷者,吾不信也。」[87]

上述引文若結合前面的「一陽之氣」說法,可知羅近溪所謂的「工

---

86 〈報許敬庵京兆〉,頁668。
87 《近溪羅先生一貫編》,頁381。

夫」，除了「經典」實踐外，奇文、雅歌與佳山勝水等，均可讓人
涵養心性，讓意識底層的「赤子之心」的「一陽之氣」，能接引天
地靈氣生機，身心頓時回歸到往昔赤子般意識底層的從容快活狀
態。

　　由此可知，要「復」仁德、一陽之氣，工夫論不只根據「經典」
進行修身實踐一種。這些「修身」實踐，均能讓整個身體就如羅近
溪以下所說的：

> 黃中所通者，即一陽真氣，從地中復，所謂：克己而復者也；
> 中通而理者，即陽光而明，所謂：復以自知，而文理密察，
> 以視聽言動而有禮者也。故從此而美在其中，從此而暢於四
> 肢，發於事業。[88]

前面已論及，羅近溪觀念中「一陽真氣」之所在，即有「天理」
之存在。因此當人進行「復」修身工夫[89]（「復」工夫可以是「經
典」實踐，也可以是觸目「奇文」、傾聽「雅歌」與遊山玩水），
讓「赤子之心」之「仁──一陽真氣」從意識深層處「復以自知」，

---

[88] 《近溪子集‧卷書》，頁 154。

[89] 如從以下引文可看出，在羅近溪觀念中，「復」工夫在「心」顯發明通上所
扮演的推動角色：「夫惟其顯發也，而心之外無性矣；夫惟其明通也，而心
之外無命矣。故曰：『復其見天地之心乎？』又曰：『復以自知』也。夫天地
之心也，非復固莫之可見，然天地之心之見也，非復亦奚能以自知也耶？」
（《近溪子集‧卷射》，頁 79。）

「知得自家原日的心」[90]—知得「赤子之心」原來即在吾人身中，可惜往昔追逐外物，而不見身含此虛靈之至寶，而今由「復」工夫，始知得原日之心，此時「心」之「一陽之氣」因發於全身四肢，整個身體四肢律動，將是「天理」之「文」的符號象徵，也就是「禮文」的象徵[91]。所謂的「美」，便在此「天理」之「禮文」展現中。而這便是本章節所要探討的主題—「克己復禮」與「一陽之氣，從地中復」的整體意涵！

第二節　從「一陽之氣，從地中復」看羅近溪身體觀

　　透過前一節「一陽之氣，從地中復」的內涵詳細論述，我們不難理解本章節一開始引文的「一陽之氣，從地中復」與「頃刻之間，暢遍四肢，則視聽言動，無非是禮」身體觀念的密切關連；也不難發現羅近溪對「身體」的重視。此重視主因乃在，所謂的「赤子之心」及其所涵有的可與天機生意相通的「仁——一陽之氣」，乃在身體內的意識底層，因此唯有透過身體的「修身」，才能「復以自知」，才能讓「仁——一陽之氣」從意識底層往整個身體四肢流通，使四肢呈現禮文狀態，讓整個身心回歸到往昔赤子般自然、歡笑。所以我們可以說，「身體」是羅近溪思想相當重要的主題，缺乏身體觀的

---

[90] 羅近溪說道：「『自知』云者，知得自家原日的心也。」(《近溪子集·卷射》，頁 75。)

[91] 所以羅近溪才會說：「復以自知，而天之根，即禮之源也。」(《近溪子集·卷射》，頁 103。)

羅近溪思想論述，其學術內涵將是蒼白而無力的。如蔣年豐先生便相當推崇羅近溪的身體觀，認為：

> 宋明儒學中，羅近溪的成就乃在於建立了一套形體哲學。[92]

並指出：

> 這種著重人身形體之存有論意義（ontological signification）的思想可說發端於孟子，程明道稍微論及，但至羅近溪才大顯。[93]

這裡道出了，羅近溪的身體觀，不但為其思想之重心，更是整個中國形體哲學發展史上，值得掘發開顯的議題。

既然羅近溪身體觀的意涵如此豐富，於此，我們將問的是，在前一節的「一陽之氣，從地中復」論述基礎上，有哪些議題值得多加闡述，以有助於吾人對深受羅氏影響的李贄與湯顯祖文藝思想之理解？

對此，我們將分成以下四大議題來進行闡述。

一、「自動」、「自興」與經典「安身」

---

[92] 蔣年豐，〈體現與物化〉，《與西洋哲學對話》（台北：桂冠圖書公司，2005），頁 215。

[93] 同前註。

　　前一節中，我們曾引用羅近溪的「能信之真，好之篤，而求之極其敏焉，則此身之中，生生化化，一段精神，必有倏然以自動，奮然以自興」[94]，指其可看出羅近溪的身體觀，這是為什麼呢？

　　本文以為，此引文最值得闡述其身體要義的是－「倏然以自動，奮然以自興」。這裡的「自動」、「自興」，說明了「一陽之氣」在身上湧現的力量是獨立自足的，不是來自一般生理層面的機能，身體四肢在此「一陽之氣」湧現之下，不僅「頃刻之間，視聽言動，無非是禮」，更重要的是，這裡所謂的「奮然以自興」的「興」字，訴說著仁心之感通興發，乃在「一陽之氣」充滿於身心的深層意識狀態下。此時所感通興發的詩文，是來自意識底層的，也是來自意識底層所直通的天關，亦即此興發之詩文，乃是「己口代天言」[95]，透露天地間重大的天理意旨或消息，以此「己身代天工」－由身體手足所成之文章，便道出了人存有性命之內涵，它彷彿是從天地道出，而不是從人口說出。

　　也就是，當人透過「修身」實踐，達到「倏然以自動，奮然以自興」境界時，將能如前一節引文所述的「神明之自來，天機之自應」－自然而然與天地神明、天機天理相感應。同時，更值得注意

94　《近溪子集‧卷禮》，頁28。

95　如羅近溪說：「一陽之氣，從地中復也。地中即謂之黃中，中而通者，乾陽之光明，知之所始也。乾知太始處，便名曰『復』，復也者，即子心頓覺開朗，所謂『復以自知』者也。子心既自知開明，又自見光輝愈加發越，則目便分外清朗，耳便分外虛通，應對便分外條暢，手足便分外輕快，即名中通而理，所謂：天視自己視，天聽自己聽，己身代天工，己口代天言也。頃刻之間，暢遍四肢，則視聽言動，無非是禮，喜怒哀樂，無不中節，天地萬物，果然一日而皆歸。」（《近溪子集‧卷書》，頁156。）

的是，此時此刻，人是「同乎天地」、「塞乎古今」的。這是因為，
在此時，人之身心結構徹底轉化成意識深層狀態，在此狀態下，乃
完全沒有天地古今之時空限制。所以在此狀態所興發的詩文，訴說
的便是沒有天地古今時空限制的恆久之至道、天地之至文。這樣的
詩化語文，具有蔣年豐先生以下所說的特色：

> 在仁心詩興之下，天命展示為語文，被人解讀。天命應是神
> 秘而不可知的。常識上，人是無法掌握其動向的。但孟子卻
> 指出，在仁心詩興之下，我們可以解讀詩一般地解讀天命，
> 孟子的「盡心知性而知天」即在其中完成。詩總有歧義性，
> 恍若猜謎，像知道，又像不知道。在這樣的恍若之中，卻又
> 有一份深沈的澄定感，讓人安身立命，樂天知命。[96]

由仁心感通天命而興發的語文，總帶有繁複多義性，吾人僅能像讀
詩一樣地解讀之，儘管如此，人在此詩教下，總有安身立命之感。
如前文已述的羅近溪觀念中的「六經」，便具這樣的特性，所以成
為其「安身」的歸依[97]。也就是，六經正是聖人回到意識深層狀態，
將他在身心底層、心道交接處所領受的大道奧旨，在心氣形體興發
下，自然表現成的詩化語文。這樣的語文不但含有宇宙大道的密

---

[96] 蔣年豐，《文本與實踐（一）》（台北：桂冠圖書公司，2000），頁219。

[97] 「蓋不肖之為人也，嗜好不他著，精神不他費，惟是此學以繫命根，大幸
苦心不負，早遇至人，將《語》、《孟》、《學》、《庸》以及《易經》悉滌塵埃，
晶光天日。三十年來，穿衣吃飯，終日雖住人寰，注意安身，頃刻不離聖域。」
（〈報許敬庵京兆〉，頁668。）

碼，同時也是宇宙最深層意識的聲音。當人們透過「經典」修身或誦讀，可進入深層的意識狀態，直通天關，徹底拋卻世俗塵欲，直覺地體證天理流行的宇宙實相，也因此才找到安身立命之處。這正是羅近溪何以終身不離經典「聖域」以「安身」的原因。

二、詩樂舞「不知」的真學問

除了依「經典」以「安身」外，在仁心感通興發下，日常生活上的羅近溪，不喜歡理性思辨、抽象說理，而是喜歡寫詩。他的詩甚至還得到晚明文學家兼思想家陶望齡（1562~1609）的讚賞：

> 堯夫（邵雍）之趣於詩，詩之外也，其意遠，其詩傳；先生（近溪）之趣於詩，詩之內也，詩不必盡傳，而意為猶遠。若其以詩為人，以人為詩，以己為天地萬物，以天地萬物為己，好而樂之，安而成之，則二先生所同也。[98]

將近溪詩之境界，抬至與邵雍詩同等地位，這不但說明了羅近溪在晚明詩文創作上有一定貢獻，也意味著羅氏所講求的仁心感通，最終需以承載豐富多義的詩文，來表達其在仁心感通興發下，所領受的天理旨趣。

羅近溪不但喜歡作詩，也喜歡以詩歌、音樂進行講學教育，如：

---

[98] 〈明德先生詩集敘〉，頁 985。

> 近溪子⋯⋯臨階除進，諸童子清歌，初《陟岵》一章，眾譁
> 稍定；再《凱風》一章，又更定；三歌《南山》二章。乃率
> 堂上下士大夫儒同聲相和，復合以管籥，間以笙簫。於時太
> 和洋洋，充滿流動，而萬象拱肅，寂若無人矣。[99]

羅氏於詩經講學上，使用歌班、管、籥、笙、簫，甚至自己率人加入和聲[100]。又陶望齡說道：

> （明德羅先生）與人偕，顧盼呿欠，微談劇論，所觸若春行
> 雷動，因而興起者甚眾。予未嘗見先生之詩，而平日持論，
> 竊謂先生全體即三百篇，其顧盼呿欠，微談劇論，即其章句
> 耳。[101]

上述講學、談論的方式說明了，羅氏所欲啟發學人「赤子之心」的「一陽之氣」，乃在意識深層，故需藉由詩歌的感通流動，使學者觸之，而有若春雷響起般的震撼，進而引發身體的奮發興起。又如晚明一大戲劇家－湯顯祖自十三歲便拜羅近溪為師，他曾在〈太平山房集選序〉談及羅近溪的教學方式：

> 或穆然而咨嗟，或熏然而與言，或歌詩，或鼓琴。予天機泠

---

[99] 〈騰越州相約訓語〉，頁 758~759。

[100] 參考程玉瑛，《晚明被遺忘的思想家－羅汝芳詩文事蹟編年》（台北：廣文書局，1995），頁 108。

[101] 〈明德先生詩集敘〉，頁 985。

如也。[102]

用歌詩音樂、靜默興嘆進行教學，而非玄虛的思辨活動，這再度表示羅近溪的教學終極目標－讓學人性命天機合一，只能透過詩樂的引動，讓在意識底層的「一陽之氣」徹底翻上來，將其所接引的生意天機，流行於形色身體之中。正因強調學問需達及身體結構的徹底轉化，讓原本生理性的身體轉化為天機意義的載體，所以羅近溪說道：

> 人作學問，發於四肢，方為真學問。動容中禮，舞蹈不知，四體不言而喻，纔叫做「黃中通理」，美之至也。[103]

羅近溪理想的「真學問」，需讓「一陽之氣」從意識底層流至身體，讓四肢呈現天理之禮文的樣態，甚至達於「舞蹈不知，四體不言而喻」的「不知」、「不言」－完全超越一般理性認知的意識深層狀態。簡言之，就像詩經時代的「不知」手之舞之、足之蹈之，詩歌、音樂、舞蹈完全渾融一體，人完全忘我的意識深層狀態。

這樣的「詩樂舞『不知』的真學問」議題，將有助於吾人理解湯顯祖以下的相關文藝思想：何以湯顯祖認為兼具詩樂舞的戲劇文學與表演，與羅近溪的講學教育一樣，同具教化效果；湯顯祖在〈宜

---

[102] 徐朔方箋校，〈太平山房集選序〉，《湯顯祖全集》（北京：北京古籍出版社，1999），頁 1098。

[103] 《近溪羅先生一貫編》，頁 353。

黃縣戲神清源師廟記〉對戲劇之情效果的描述，還有《牡丹亭記題詞》「情之至」概念中的「情不知所起，一往而深」，可參照本段論述，以掘發湯氏該文更深的底蘊。凡此總總，留待後文再議。

三、身體治療與「嗜欲莫非天機」

前文曾論及，透過「復」的「修身」實踐，可讓世俗私欲消失，也就是對於私欲，羅近溪不主張壓抑之，而是經由如「六經」、「奇文」、「雅歌」、「山水」等的修身，讓有如光明太陽的「仁──一陽之氣」於體內復原，塵世間的欲念自能消失於無形。而這樣的主張，源於羅氏早期以下的經歷：

> 少時讀薛文清語，謂：「萬起萬滅之私，亂吾心久矣，今當一切決去，以全吾澄然湛然之體。」決志行之。閉關臨田寺，置水鏡几上，對之默坐，使心與水鏡無二。久之而病心火。偶過僧寺，見有榜急救心火者，以為名醫，訪之，則聚而講學者也。先生從眾中聽良久，喜曰：「此真能救我心火。」問之，為顏山農。山農者，名鈞，吉安人也。得泰州心齋之傳。先生自述其不動心於生死得失之故，山農曰：「是制欲，非體仁也。」先生曰：「克去己私，復還天理，非制欲安能以遽體乎仁哉？」山農曰：「子不觀孟子之四端乎？知皆擴而充之，如火之始燃，泉之始達。如此體仁，何等直截！故子患當下日用而不知，勿妄疑天性生生之或息也。」先生時

大夢得醒。明日五鼓，即往納拜稱弟子，盡受其學。[104]

根據記載，早年的羅近溪讀明初理學家薛瑄論著，一心只想用盡全身，壓制對塵欲執著，以「全吾澄然湛然之體」，最後的結果卻是身體上的「病心火」。直到他看到泰州後學－顏山農張貼的「急救心火榜文」，並領受顏氏所謂「制欲非體仁」的思想，才如大夢初醒，而受盡其學。也就是，羅近溪從顏山農身上學到要體悟「仁」，不是透過「制欲」，而是如孟子的良知擴充一樣，讓「仁心」「一陽之氣」如「火之始燃，泉之始達」，從意識底層湧現出來，如此不但能「體仁」，私欲還能自然消除。

不止私欲消除，「體仁」者身體上的「一陽之氣」，因能與宇宙太極的純陽之氣保持流暢溝通，所以能讓身體上因情識執著所造成的氣血不順，獲得療癒釋放。就如以下所言：

> 因歌《東風面》句，或問：「良知之知，與知識之知，同否？」羅子曰：「此等去處，亦須識得東風面也。夫良知與知識，猶水之與冰也。良知妙應不慮，即水之沃潤無滯，一有所著物而不化，則天氣沍寒，而冰凝莫釋也。故曰『溫故而知新』，又曰『一日暴之，十日寒之，未有能生者也』。一暴十寒，未有能生，良知安得而不為情識？和樂溫養，知雖故而新

---

[104] 黃宗羲，《黃宗羲全集第八冊・明儒學案（下）》（台北：里仁書局，1987），頁 760~761。

矣，情識安得而不為良知耶？」[105]

上述引文以「水」與「冰」來形容「良知」與「情識」[106]，可顯示出在羅近溪觀念中，含有「一陽之氣」的「赤子良知」，其與「情識」本質是相通的，差別只在於氣的「釋」與「凝」現象。也就是，所謂的「情識」，乃指向身體氣血因欲望執著而凝結的狀態，此時此刻，若能涵養心性，讓「一陽之氣」於體內時時生化、順暢流行，自能生生不息地接引宇宙天機天理，化除人為私欲情識的執著。由此推之，人身體上因情識執著所造成的氣血不順，自能獲得療癒釋放。

倘若氣血凝執現象一旦消除，「一陽之氣」於體內流行無礙，羅近溪以為，「情意」與「知識」於此情境下並不需排除。如以下所言：

聖人憲天聰明，良知與聞見，原無二體。[107]

「赤子良知－一陽之氣」與「聞見」、情識是可相通一體的。這正

---

[105] 《近溪羅先生一貫編》，頁 359。

[106] 從引文「良知安得而不為情識」的「情識」，可知這裡「夫良知與知識，猶水之與冰也」的「知識」，包含了「情意」。也就是，羅近溪的「情識」乃意指著「塵俗情欲」與「知識意見」。如羅近溪曾說到：「今即有志之士，外離塵欲，內息意見，亦須二三十年，而後神明之體方得圓通。」（《近溪羅先生一貫編》，頁 355。）從這裡的「外離塵欲，內息意見」，亦可看出羅近溪觀念中的「情識」，應為「塵俗情欲」與「知識意見」。

[107] 《近溪羅先生一貫編》，頁 368。

好呼應了以下引文的深層意涵：

> 今日學者直須源頭清潔，若其初志氣在心性上透徹安頓，則
> 天機以發嗜欲，嗜欲莫非天機也。[108]

詳言之，吾人若能以「復」工夫主要內容－「修身」實踐，讓「一
陽之氣」因身體的律動，而從深層意識處流行於身體四肢，以接引
宇宙生生不息的「天機」天理，進而化除人為私欲情識執著。如此，
在「源頭清潔」、「志氣在心性上透徹安頓」情境下，所發出的「嗜
欲」，如日常饑食渴飲等，處處均是天機天理的展現。如羅近溪曾
說道：

> 我起初做孩子時，已曾有一個至靜的天體，又已曾發露出，
> 許多愛親敬長，饑食渴飲，停當至妙的天則。[109]

這裡便指出，當保有「赤子之心－一陽之氣」發用時，「饑食渴飲」
等日常生理欲求，也可以是「天理」「天則」的示現。以上的「身
體治療與『嗜欲莫非天機』」之議題，將有助於吾人理解李贄、湯
顯祖以下的相關文藝思想：（一）何以李贄認為「穿衣吃飯」，即是
「人倫物理」。（二）何以湯顯祖在〈宜黃縣戲神清源師廟記〉說道：
戲劇可使人「釋怨毒之結，可以已愁憤之疾」與「嗜欲可以少營」。

---

[108] 《近溪羅先生一貫編》，頁 353。
[109] 《近溪子集·卷御》，頁 125。

其詳細意涵之闡發，亦待後文再述。

四、「天命之性」與「氣質之性」

羅氏對於身體的重視，從其反對將「氣質之性」與「天命之性」截然二分亦可見出：

> 1.儒先立說，原有深意，而近世諸家講套，漸漸失真，既將天性、氣質兩平分開，又將善惡二端各自分屬。[110]

> 2.氣質之說，主於諸儒，而非始於諸儒也。「形色，天性也」，孟子固亦先言之也。且氣質之在人身，呼吸往來而周流活潑者，氣則為之；耳目肢體而視聽起居者，質則為之。子今欲屏而去之，非惟不可屏，而實不能屏也。況天命之性，固專謂仁、義、禮、智也已！然非氣質生化，呈露發揮，則五性何從而感通？四端何自而出見也耶？故維天之命，充塞流行，妙凝氣質，誠不可掩，斯之謂天命之性，合虛與氣而言之者也。是則無善而無不善，無不善而實無善，所謂赤子之心，渾乎其天者也。[111]

引文第一則乃指出，將「天命之性」與「氣質之性」二分的說法，

---

[110] 《近溪子集·卷射》，頁 88。
[111] 《近溪子集·卷射》，頁 87。

是近世詮釋失真的結果。因就如引文第二則「氣質之在人身，呼吸往來而周流活潑者，氣則為之；耳目肢體而視聽起居者，質則為之」所指出的，「氣」「質」乃構成了人身體呼吸與耳目視聽等。而所謂的「天命之性－仁義禮智－一陽之氣」又凝聚於「氣」「質」之性上[112]，所以「一陽之氣」與「氣質人身」如膠似漆。

上文的「然非氣質生化，呈露發揮，則五性何從而感通？四端何自而出見也耶」則更深一層說明，「氣質人身」在「一陽之氣」發用上所扮演的角色是：「天命之性－仁義禮智－一陽之氣」之所以能感通，乃須憑藉於人身上「氣質之性」的呼吸生化與呈露發揮。由此可見「氣質之性」，乃至於「氣質之在人身」的「人身」，是「天命之性－仁義禮智－一陽之氣」發揮其感通作用不可或缺的條件管道[113]。所以，就羅近溪而言，只有「氣質之性」、「人身」的具體實踐，「一陽之氣」才能在人身上周旋流行，感通天地萬物，與萬物為一體。身體在羅近溪思想上的重視性，由此可見一斑。

以上「『天命之性』與『氣質之性』」之議題，將有助於吾人理解何以李贄在〈讀律膚說〉一文中，將近似「天命之性」的「非情性之外復有禮義可止」的「情性」，與近似「氣質之性」的「性格清徹者音調自然宣暢」的「性格」，置於同一文本脈絡做闡述。對此，下文將會詳細論說。

---

[112] 就如羅近溪所說的：「維天之命，充塞流行，妙凝氣質，誠不可掩。」（《近溪子集・卷射》，頁87。）

[113] 如羅近溪所說的：「人身與仁心，原不相離，則人能從事於學問，而心即不違仁矣。」（《近溪羅先生一貫編》，頁352。）

第三節 從「一陽之氣，從地中復」看羅近溪理想「情」的意涵與特徵

　　喜怒哀樂發與未發問題，是明代理學重要的論題之一。關於喜怒哀樂這類情感如何為合適妥當，在明代理學中，指向了所謂的「中和」，也就是源自《中庸》第一章的「喜怒哀樂之未發，謂之中，發而皆中節，謂之和。」[114]如明代心學大師王陽明對此便有多項的討論。之後的泰州學派、王夫之（1619-1692）、劉宗周（1578-1645）等等，亦皆對此多所討論。其中，作為泰州學派顏山農門徒的羅近溪，從現有的文獻中，可看到其對於「情」的論述，與其他明代理學家一樣，多聚焦於《中庸》「喜怒哀樂發與未發之中和」問題的探討[115]。只是我們也注意到，對於「喜怒哀樂」，在前文所引的「一陽之氣，從地中復」文獻中，羅近溪有一段相當特別的描述[116]，以為當「一陽真氣」從「地中」「復」之際，「喜怒哀樂」於此時「無不中節」，總是一團「和氣」，天地萬物亦在此一團「和氣」中，感

---

[114] 朱熹，《四書章句集註》（台北：鵝湖出版社，1984），頁 18。

[115] 詳見方祖猷、梁一群等編校整理，《羅汝芳集》（南京：鳳凰出版社，2007），頁 11、12、13、55~56。

[116] 即「一陽之氣，從地中復也。地中即謂之黃中，中而通者，乾陽之光明，知之所始也。乾知太始處，便名曰『復』，復也者，即子心頓覺開朗，所謂『復以自知』者也。子心既自知開明，又自見光輝愈加發越，則目便分外清朗，耳便分外虛通，應對便分外條暢，手足便分外輕快，即名中通而理，所謂：天視自己視，天聽自己聽，己身代天工，己口代天言也。頃刻之間，暢遍四肢，則視聽言動，無非是禮，喜怒哀樂，無不中節，天地萬物，果然一日而皆歸。」

通為一體。

　　從這引文描述，可知羅近溪仍繼承明代理學一貫的「情」論述脈絡，以為「喜怒哀樂」發而「中節」之「和」，乃為理想的情。然值得注意的是，導致「喜怒哀樂，無不中節」之因，透過這段引文的描述，可知其乃為「一陽之氣，從地中復」。這樣將「喜怒哀樂」與「一陽之氣」相連結的論述是相當特別的，可視為羅近溪在諸多文獻中，論述「喜怒哀樂」其中一個相當突出而具獨創性的論點見解。基此，本節將釐清與探討的問題乃為：羅近溪以為「喜怒哀樂」「中節」之「和」情，乃源於此「一陽之氣」從「地中」「復」。那此「中節」之「情」究竟有何豐富的意涵與特徵，以致成為羅近溪理想的「情」呢？

　　本文希望，透過羅近溪將「喜怒哀樂」與「一陽之氣」相連結論述的深入剖析，及進一步的羅近溪理想「情」之討論，能揭示尚未被學界所洞晰的羅氏「情」觀念意涵，以填補目前學界對羅近溪獨特的「情」觀念探究之不足。另外，本節於最後，將對羅近溪「情」論思想作一學術評論，以呈現其在明代學術發展上的意義。

一、來自意識底層的「情」

　　在前一節中，我們曾探討得出，堅篤勤敏地「修身」實踐，能使得潛於人身意識底層的「一陽之氣」，自然而然地奮然躍動興發。當「赤子之心」所含之「一陽真氣」於身體完全發用，人世間的「形骸之念，物欲之私」將完全消失，但最需說明的是，此時並非沒有情欲，而是如前文所引的「一陽之氣，從地中復」文獻中的「喜怒

哀樂，無不中節」——一切喜怒哀樂之情均自然而然地中節而發。且
此時的喜怒哀樂中節之「情」中，是含有「天理」的。如羅近溪曾
言：

> 喜怒之無節則天理滅。[117]

此引文的另一意涵便是，喜怒中節之「情」與「天理」是緊密相聯
繫的。總之，透過「一陽之氣，從地中復」文獻的探討，其實已幫
助吾人看到了以下羅氏理想的「情」特徵：羅氏理想的「情」，源
自人身體意識底層中太極先天之氣－「一陽之氣」所發用之情。來
自意識深層的「一陽之氣」所發用之情，其背後的「氣」，呈現「和
氣」狀態[118]。該「喜怒哀樂之情」，無不中節，也就是該「情」是
自有節度的。此「情」之發用，是在「一陽之氣」完全流行於身體，

---

[117] 《近溪子集·卷御》，頁126。

[118] 如羅氏說道：「此個性道體段，原長是渾渾淪淪而中，亦長是順順暢暢而和。
我今與汝，終日語默動靜，出入起居，雖是人意周旋，卻自自然然，莫非天
機活潑也。即於今日，直至老死，更無二樣。所謂人性皆善，而愚夫愚婦可
與知與能者也。中間只恐怕喜怒哀樂，或至拂性違和，若時時畏天奉命，不
過其節，即喜怒哀樂總是一團和氣，天地無不感通，民物無不歸順，相安相
養，而太和在我大明宇宙間矣。此只是人情纔到極平易處，而不覺功化卻到
極神聖處也。」（《近溪子集·卷樂》，頁55~56。）上述引文大意乃指，羅
近溪認為，聖賢日常用功處便在「性情喜怒」，也就是無須將聖賢氣象想得
太過深奧離奇，其實只要時時畏天奉命，喜怒哀樂不過其節，總是一團「和
氣」，天地便無不「感通」，民物便無不歸順，一切「相安」「相養」，太和自
在宇宙間。當達此境界時，語默動靜、出入起居等日常平易人情的來往周旋，
均是自自然然，均是天機活潑之示現。

完全沒有任何私欲的本真狀態下率性而發的。該「喜怒哀樂中節之情」中自有「天理」之流行，此時「人情」與「天理」是緊密相聯繫的。

　　底下將繼續展開討論的是，透過上述的「一陽之氣，從地中復」內涵論述，我們還能推論出羅近溪理想之「情」的那些特徵與意涵呢？而這些推論又能得到多少文獻的論證與檢驗呢？

二、生生不息、與人相感通

　　前文已指出，羅近溪觀念中「赤子之心」的「一陽之氣」是「如環如輪」、「往來不息」。也就是，人之形體有生死大限，但「赤子之心」的「一陽之氣」卻在人形體化成灰後，仍如太陽輪轉般地往來不息。而本文以為，由「赤子之心」的「一陽之氣」所發用且含有永恆之天理的「情」，亦應是生生不止息的。

　　也就是，人世間的私欲之情往往只是一時一地的「經驗性情感」。當時過境遷後，「經驗性情感」不再具有任何意義。但來自意識底層的喜怒哀樂中節之情，卻能不受時空限制地永久流傳，讓人與之同情共感！如羅近溪觀念中的詩經之「情」便具此特徵：

> 或問：「聖人順事無情，胡為黍離之悲？」羅子曰：「此正順無情也。夫人情貴於相安，不安不可以為情，人之所好好之，人之所惡惡之，宗室盡為黍離。如此而不動心，豈人情乎？

此《春秋》繼《黍離》作也。」[119]

　　夫東風者，天地之和氣也，萬物以和而生，以肅而斂，人
　　情亦以和而通，以不和而隔。[120]

詩經一首「知我心者，謂我心憂；不知我者，謂我何求。悠悠蒼天，
此何人哉」的〈王風·黍離〉詩，訴說著「宗室盡為黍離」，無語
問蒼天，黯然消魂之悲苦。羅近溪認為，藉由詩經此「怨」之詩，
可知聖人所謂「順事無情」的「無情」，並非完全不表現「悲」「哀」
之情，而是此「哀之情」不純然為個人悲哀情感的抒發，其需達於
「人之所好好之，人之所惡惡之」的「相安」境界。這裡的「相安」，
當指該「哀之情」背後之氣，達於上述引文第二則的「人情亦以和
而通」的「和氣」狀態，以感通每一個人，讓人為之動心。[121]

---

119 《近溪羅先生一貫編》，頁 328。
120 《近溪羅先生一貫編》，頁 369。
121 如錢鍾書先生對於「詩經隱含之情」曾作過很詳細的探討：「《關雎序》云：
　　『詩者，志之所之，在心為志，發言為詩，』《釋名》本之云：『詩者，之也；
　　志之所之也』，《禮記·孔子閒居》論『五至』云：『志之所至，詩亦至焉；
　　是任心而揚，唯意所適，即『發乎情』之『發』。《詩緯含神霧》云：『詩者，
　　持也』，即『止乎禮義』之『止』；《荀子·勸學》篇曰：『詩者，中聲之所止
　　也』，《大略》篇論《國風》曰：『盈其欲而不愆其止』，正此『止』也。非徒
　　如《正義》所云『持人之行』，亦且自持情性，使喜怒哀樂，合度中節，異
　　乎探喉肆口，直吐快心。《論語·八佾》之『樂而不淫，哀而不傷』；《禮記·
　　經解》之『溫柔敦厚』；《史記·屈原列傳》之『怨誹而不亂』；古人說詩之
　　語，同歸乎『持』而『不愆其止』而已。陸龜蒙《自遺詩三十首·序》云：
　　『詩者，持也，持其情性，使不暴去』；『暴去』者，『淫』，『傷』、『亂』、『怨』

再者，湯顯祖在為近溪詩集作序中也提到：

> 記有之：「入其國，其人潔淨精微，深於易者也；溫柔敦厚，
> 深於詩者也。」如此則其人易知矣。……今之世誦其（羅近
> 溪）詩，知其厚以柔。[122]

羅近溪詩趣風格頗近於詩經溫柔敦厚之和風，足見羅近溪頗受詩經
涵養的潤澤，故其對詩經之「情」看法，也透露出他以為理想之
「情」，應具有「人之所好好之，人之所惡惡之」、「動心」、「相安」
的情深「感通」、「和氣」之深度。

三、喜怒哀樂之「樂」情，能感通宇宙本質的「樂機」

之謂，過度不中節也。夫『長歌當哭』，而歌非哭也，哭者情感之天然發洩，
而歌者，情感之藝術表現也。『發』而能『止』，『之』而能『持』，則抒情通
乎造藝，而非徒以宣洩為快，有如西人所嘲『靈魂之便溺』矣！」（錢鍾書，
《管錐篇第一冊》〔北京：中華書局，1979〕，頁 57~58。）錢先生以上所
言，無非在指出，「詩經」詩之情，雖出自喜怒哀樂天然之情，但卻非以「直
吐」、「宣洩」情感為終止目的，而是能喜怒哀樂發而中節地表現出某種「禮
義」「天理」。詳言之，詩經情感乃為普遍的「恆久真理性情感」，而非一時
一地的「經驗性情感」。當時過境遷後，「經驗性情感」不再具有任何意義，
但「真理性情感」卻能不受時空限制地讓人與之同情共感！
[122] 徐朔方箋校，〈明德羅先生詩集序〉，《湯顯祖全集》（北京：北京古籍出版
社，1999），頁 1144~1145。

　　其實，羅近溪理想的喜怒哀樂之「情」，不僅能生生不息、與人相感通，更能感通到天地宇宙本質的「樂機」，如：

1. 蓋人到愚夫婦之居室，物到鳶魚之飛躍，果然渾是一團樂體，渾是一味天機，一切知識也來不著，一切作為也用不去。至於汝曹適纔許多講套、說話，雖似曉得一般，然究竟率性中和，則實相去天淵之不如矣。故古人善形容樂體者，若陶淵明卻云：木忻忻以向榮；周元公卻云：庭草一般生意。夫草木無知，豈果能意思忻忻也哉？惟是二公會得此個樂機，則便觸處自然相通。[123]

2. 蓋此「仁」字，其本源根柢於天地之大德，其脈絡分布於品彙之心元。故赤子初生，孩而弄之，則欣笑不休；乳兒育之，則歡愛無盡。蓋人之出世，本由造物之生機，故人之為生，自有天然之樂趣。故曰：「仁者人也。」[124]

3. 故孩提初生，其稟受天地太和，真機發越，固隨感皆便歡笑。[125]

4. 此心之體，其純乎仁時，圓融洞澈，通而無滯，瑩而無疑。

---

123 《近溪子集・卷書》，頁 165。
124 《近溪羅先生一貫編》，頁 337。
125 《近溪子續集・卷坤》，頁 280。

> 恆人學力未到，則心體不免為怒所遷，為過所貳也。顏子好
> 學純一，其樂體常是不改，樂體不改，則雖易發難制之怒，
> 安能遷變其圓融不滯之機耶？[126]

我們在前文曾指出，天地萬物俱從「仁」此一「生生之德」得到生
命與生機，「仁」可說是天命授予萬物的「天命之性」。同時羅近溪
將所謂的「仁」，具體化為「一陽之氣」，宇宙間便是因此「仁－一
陽之氣」的流行而充滿活潑生意。而從上文的「蓋人到愚夫婦之居
室，物到鳶魚之飛躍，果然渾是一團樂體，渾是一味天機，一切知
識也來不著，一切作為也用不去」，可知由「仁－一陽之氣」流行
所構成的宇宙萬物，其本質具有「樂體」。而當此「仁－一陽之氣」
落實於「人」身上而為「赤子之心」，此「心」便如以上引文第二、
三則所表示的，「自有天然之樂趣」、「隨感皆便歡笑」。只是人一旦
長成，此天機樂體之情「習於人」，偏向耳目口體自私之欲，便常
有受物累之痛苦。而在以上引文第四則中，便指出顏回因能「純乎
仁」，保有「赤子之心」，因此常是不改「樂體」。

　　由此可看出，羅近溪儼然將「喜怒哀樂」之「樂」，拉到心體與
宇宙本質另一代名詞的地位[127]。如此一來，此「樂」情便具有感通

---

[126] 《近溪子集·卷數》，頁192。

[127] 關於宋明理學「樂」論題的討論，可參見黃淑齡所著，《重尋「仲尼顏子樂
　　處，所樂何事？」─明代心學中「樂」的義涵研究》，台北：台灣大學中國
　　文學研究所博士論文，2005；蕭裕民著，《樂的智慧─王陽明「樂」思想研
　　究》，新竹：清華大學中國文學研究所碩士論文，1999；楊儒賓，〈理學家論
　　身心思想─從「樂是心之本體」談起〉，《性與命》第9期，1999。

天地宇宙本質之「樂機」的特質。如上述的陶淵明詩人，便因具有此「樂」情，所以能感通大自然草木之「樂機」，感通大自然一切俱是天機天理之展現。

於此吾人將繼續追問的是，誠如前文所言，羅近溪曾說：「喜怒之無節則天理滅」[128]，由此推之，喜怒之中節自有「天理」呈現，而此中節之情所呈現的「天理」意涵，究應如何理解？其只能作道德意涵之解釋，還是有其他詮釋之可能性呢？對於這樣的議題討論，有必要在此提出解決，以讓吾人對於羅近溪理想的「喜怒哀樂之情」所含有的「天理」意涵有著更徹底的理解。

四、「情」之「天理」蘊涵無窮深邃的意義

對於喜怒哀樂中節之情表現的「天理」，從下列引文可看出與之意義相關的其他詞彙：

> 反思原日天初生我，只是個赤子，而赤子之心却說渾然天理。[129]

> 心雖在人中，而道實在心中，但人自不覺知耳。[130]

---

[128] 《近溪子集·卷御》，頁126。
[129] 《近溪子集·卷坤》，頁74。
[130] 《近溪子集·卷禮》，頁33。

蓋人能默識得此心此身，生生化化，皆是天機天理，發越充周。[131]

從上述引文「赤子之心却說渾然天理」、「道實在心中」、「此心此身，生生化化，皆是天機天理」，可看出「天理」實與「道」、「天機」相關。至於此「天理」、「道」，其內涵究竟為何？

一般而言，我們理解儒家學者的「道」，總將之與「忠孝仁愛信義」等內涵劃上等號，以為儒家之道即為道德規範或內涵。然從相關文獻可看出「仁義禮智」等，就羅氏而言，是承載、通明、表現「道」的「性」[132]，而非即為「道」之內涵。那羅近溪觀念中的「道」究應如何理解？以下幾條文獻是觀照此一課題的脈絡途徑：

1. 蓋文貫乎道而出於天。乾坤之翕闢，日月之運行，山川之流峙，人物之繁殖，大而彌綸參贊，細而動靜食息，皆道之所該，文之所寓也。[133]

2. 蟠天薄地而雷動滿盈，形森色盎而霞蒸赫絢，橫互直達，邃入旁周，固皆一氣之運化而充塞乎兩間。然細觀此氣之流行順布，節序無不停妙；絪縕構結，條理無不分明。[134]

---

[131] 《近溪子集・卷禮》，頁5。

[132] 如「況天命之性，固專謂仁、義、禮、智也已。」（《近溪子集・卷射》，頁87。）

[133] 〈擬山東試錄前序〉，頁479。

[134] 《近溪子續集・卷坤》，頁277。

3. 宇宙之間，總是乾陽統運，吾之此身，無異於天地萬物，……善言心者，不如把『生』字來替了他，則在天之日月星辰，在地之山川民物，在吾身之視聽言動，渾然是此生生為機，則同然是此天心為復。[135]

4. 此個未發之中，是吾人本心常體。若人識得此個常體，中中平平，無起無作，則物至而知，知而喜怒哀樂出焉，自然與預先有物橫其中者，天淵不侔矣。豈不中節而和也哉？……其節不爽，則其文自著，節文既著，而禮道寧復有餘蘊也哉？[136]

從以上引文第一則「文貫乎道而出於天」、「道之所該，文之所寓」，可看出在羅近溪觀念中，文即道，道即文。也就是，自有「道」以來，「道」便是以「文」方式在呈現，此呈現方式大到吾人平日所見之山川日月，小到人物繁殖、動靜食息，均是以「文」方式在示現「道」之訊息。

而引文第二、三則的「蟠天薄地而雷動滿盈，形森色盎而霞蒸赫絢，……固皆一氣之運化」、「宇宙之間，總是乾陽統運，吾之此身，無異於天地萬物」，更詳細指出「一陽真氣」乃為構成宇宙萬物的因子，而「一陽真氣」所運化而成的天地萬物文采，總如引文

---

[135] 《近溪子集·卷數》，頁 220~221

[136] 《近溪子集·卷數》，頁 209~210。

第二則所說的「節序無不停妙，條理無不分明」，一切自有節度，條理自然分明。也就是「一陽真氣」所自然形成的天地萬物「文采」，均在自然而然、節度條理中，示現「道」的訊息。

　　由此推之，當「一陽真氣」在吾人此身從「地中」「復」時，吾身之視聽言動，是「禮文」，也是「道」「天理天機」之示現；且此道之禮文亦是自有節度，自然條理分明的。如引文第四則所言的，人若能識得「本心常體」，那麼在與物交引之際，喜怒哀樂中節之情所抒發之「文」，亦是「節文自著」，亦即在自有節度、自然條理分明下，以「文」表現出「天理天機」的。

　　既然在羅近溪觀念中，「道」的內涵，總以「文」象徵在呈現，這便意味著：與「赤子之心」之「一陽真氣」相關聯的「道」，是蘊涵著無法窮盡的深邃意義的。亦即，其意義往往是不透明的，是不能當下直接理解的。「道」這種不透明性，構成象徵的深度，這種深度是不可窮盡的。就如羅近溪所說的：「無窮盡，無方所，道體如是，工夫亦如是」[137]，道體是「無窮盡，無方所」的，亦即其內涵是無窮盡的，其具有不受任何時空場所限制的真理特質。如我們可從羅近溪常引的以下例子，來說明道內涵的無窮深邃性：

> 　　但今看來，道之為道，不從天降，亦不從地出，切近易見，則赤子下胎之初，啞啼一聲是也。聽著此一聲啼，何等迫切！想著此一聲啼，多少意味！其時母子骨肉之情，依依戀戀，毫髮也似分離不開，頃刻也似安歇不過，真是繼之者善，成

---

[137] 〈晶當塗吳教授良治〉，頁719。

之者性。[138]

以上引文大意乃指，「道」從何處見？羅近溪以為，就在赤子下胎之初，「啞啼一聲」的「聲文」象徵符號中。在此「文」象徵符號中，在此母子骨肉之情中，就具有「多少意味」無窮豐富意義的道內涵了。也就是，母子骨肉依戀之情的「聲文」、「情文」中，自有「性」、自有「道」在其中。且此「道」意涵是深邃無窮的，所以羅近溪才以「多少意味」來形容此聲情文所含具「道」意涵，不是三言兩語可訴說得盡的。此母子骨肉依戀之「聲文」、「情文」中，道德家可從此「道之文」中，看到其所蘊含的「人性為善」、「母慈子愛」道德意涵，但文學家觀之，可能感通到更豐富更精微的道真理意義內涵，而以文章更細膩描繪之，且此描繪當不限於道德之善的表現而已。

五、天工之作

羅近溪觀念中的「道」，正因是「文」，所以絕不能以「道德」意義侷限之，其無窮豐富的內涵，正等待萬物之靈的人類，讓「一陽之氣」因「復」修身實踐，而從意識深層處，流行於四肢，以接引宇宙生生不息的「天機天理」。而後，無論是「己身代天工」，或是「己口代天言」，以禮文或文章示現「天理天機」之文，此文章之作，便可稱之為造化之天工，而非人為之作矣。如羅氏反對人為

---

[138] 《近溪子集・卷射》，頁73。

之作，可見其所說的：

> 彼手勞腳攘，欲以己力而貪天工者，淪胥苦海，曷惟其已
> 耶？[139]

又如嘗自謂作文如行雲流水，初無定質，但行於所當行，止於所不
可不止，雖嬉笑怒罵之辭，均可書而誦之的蘇東坡，羅近溪曾言：

> 故費用是說乾坤生化之廣大，而隱藏是說生不徒生，而存諸
> 中者生生莫量；化不徒化，而蘊諸內者化化而無方。若孟夫
> 子所謂：源泉混混，不舍晝夜；老子所謂：虛而不屈，動而
> 愈出；蘇子所謂：取之無窮，用之不竭，而為造物者之無盡
> 藏也。[140]

以上引文可看出，羅近溪將蘇東坡所謂「取之無窮，用之不竭，而
為造物者之無盡藏」與「存諸中」的「中」（亦即「喜怒哀樂之未
發謂之中－赤子仁心」[141]）畫上等號，也就是讓一大文學家－蘇軾

---

[139] 〈勗白鷺書院諸生〉，頁 718。

[140] 《近溪子續集・卷乾》，頁 225。

[141] 如羅近溪說道：「此個未發之中，是吾人本心常體。若人識得此個常體，中
中平平，無起無作，則物至而知，知而喜怒哀樂出焉，自然與預先有物橫其
中者，天淵不侔矣。豈不中節而和也哉？」（《近溪子集・卷數》，頁 209~210。）
這裡的「此個未發之中，是吾人本心常體」便指出了，「中」在羅近溪觀念
中便是「良知本心」、「赤子良心」。又羅近溪曾說道：「『中庸』二字，可以
概言，亦可分言。概言則皆天命之性也；分言則必喜怒哀樂更無妄發，或感

寫作能「取之無窮，用之不竭」的源頭，便是來自意識底層的「中
－赤子仁心－一陽之氣」，因其能接引與蘊含宇宙天地間生生不
息、具有無窮豐富意義的「天理」「道」。當然，就能寫出嬉笑怒罵
之辭的蘇軾而言，其文所表現的「天理」「道」意涵，就絕不僅止
於道德意義，而是能更細膩描繪其在喜怒哀樂中所感受到的無窮豐
富的真理意義，使人人皆能感通動心之，進而在蘇文的喜怒哀樂中
節之情的感通交流中，達於相安相養相和之境界[142]。而來自意識深
層的「一陽之氣」所接引的天地間無窮豐富「天理」意義的蘇東坡
文章，便可稱之為己身代天工、己口代天言的天工之作。

　　總之，當本文從羅近溪論「一陽之氣，從地中復」一段話看其
理想的「情」，可歸結出以下的特徵與意涵：

（一）羅氏理想的「情」，乃源自人身體意識底層中太極先天之氣
－「赤子真心－一陽之氣」所發用之情。

（二）來自意識底層所發用之情，其背後的「氣」，呈現「和氣」
狀態。

（三）該「喜怒哀樂之情」，無不中節，也就是該「情」是自有節

而發又無踰節，方始是中。四者或過，雖亦平常之人，而中體未免傷而不和
矣」(《近溪子集・卷射》，頁 107~108。)，由此亦可知「天命之性」乃為「中」，
而如前文所述，在羅近溪觀念中，人的「天命之性」即為「赤子仁心」。
[142] 筆者於此以蘇東坡文章創作為例，乃因「蘇東坡在有明一代非常受歡迎，
毛晉為其所刊蘇米志林作跋，道出了長公詩文流行的盛況，以及明人窮搜遺
佚，小碎不漏的痂嗜。」(參見陳萬益，〈蘇東坡與晚明小品〉，收入於淡江
大學中文系主編，《晚明思潮與社會變動》〔台北：弘化學術叢刊，1987〕，
頁 298。)

度的。

（四）此「情」之發用，是在「一陽之氣」完全流行於身體，完全沒有任何私欲的本真狀態下，率性而發的。

（五）該「喜怒哀樂中節之情」中自有「天理」之流行，此時「人情」與「天理」是緊密相聯繫。

（六）羅近溪理想之「情」，與「赤子真心─一陽之氣」一樣，生生不止息，且能與人相感通。

（七）尤其當中的喜怒哀樂之「樂」情，能感通宇宙本質的「樂機」，與天地萬物一體。

（八）羅近溪理想之「情」所含有的「天理」，蘊涵著無法窮盡的深邃意義。

（九）羅近溪理想之「情」所成之文，因是己身代天工，己口代天言，以禮文或文章示現天理之文，其文章之作可稱之為天工之作。

最後，本文將討論的是，以上所得出的羅近溪「情」論思想，於明代學術發展上的意義究竟為何？ 對此，誠如前文所提及的，明代心學大師王陽明對於《中庸》喜怒哀樂發與未發論題多所討論，並提出著名的「樂是心之本體」主張，其後學對於「樂」之標舉，形成了所謂的泰州學派。作為泰州學派當中一份子的羅近溪，誠如以上結論第七點所指出的，其亦繼承了陽明的「樂」思想，將「喜怒哀樂」之「樂」，拉到心體與宇宙本質的地位。亦即，羅近溪所謂的心體本質即是「樂」，此「樂」能與天地宇宙本質之「樂機」相感通。值得注意的是，羅近溪在繼承陽明的理論基礎上，誠如本書所述，其亦將《周易》「太極」、復卦之「一陽來復」、《中庸》「天命

之謂性」等概念作一融合，為《中庸》所謂「發而皆中節」的「喜怒哀樂」之情（不只是「樂」之情）形構一個形上系統，一以貫之，向下開展為人文秩序。如此不但拓展了明代思想中關於「情」概念的學術視域，其將理想中的「情」，往「意識底層」作詮解的特點，更有助於吾人對晚明文論思想的重新解讀。也就是，羅近溪理想中的「情」，若如本文所論述的，乃源自人身體意識底層中太極先天之氣－「赤子真心－一陽之氣」所發用之情，那麼晚明言情文論中最具代表性、深受羅氏影響的湯顯祖「情至」思想，便有從意識深層角度進行重新詮解的可能性。也就是說，就理解晚明文論的「情」而言，除了目前學界常採取的任情、縱欲、反禮教等個人主體情欲解放角度外，由羅近溪理想的「情」之特徵與意涵切入，來探討受羅近溪影響的晚明文論，其豐富美學意涵的開顯，亦是一種合適的嘗試。

第三章 從羅近溪「一陽之氣」
到李贄文藝思想

第一節 羅近溪與李贄

　　晚明一大思想家兼文論家－李贄，其思想正如同近代史家對其為人評價一樣[1]，始終給人莫衷一是、眾說紛紜的博雜風貌。如學界有人站在道學、儒學的思考向度，揭露李贄文章語言中所內藏的儒家思想意義[2]，也有人以佛學角度來釐清其思想面貌[3]，也有學者以為李贄的重要理論－「童心說」深受老莊的影響[4]。凡此種種，讓我們看到，儘管李贄思想總被視為與泰州學派有相當淵源，但「其學術品格乃是融儒釋道於一爐，遠非心學之一項所能囊括。」[5]不過，我們若將學術視角，從學界評價研究移轉到對李贄相關文獻作

1　劉季倫先生表示：「牟復禮（Frederick W.Mote）曾經引用李卓吾自己說過的一句話『人之是非人也，亦無定論』，來描述二十世紀史家對卓吾評價莫衷一是、解釋眾說紛紜的現象。」（詳參劉季倫，《李卓吾》〔台北：東大圖書公司，1999〕，頁1。）

2　如袁光儀，《李卓吾新論》（台北：台北大學出版社，2008）。

3　如林其賢，《李卓吾的佛學與世學》（台北：文津出版社，1992）。

4　如左東嶺，《李贄與晚明文學思潮》（天津：天津人民出版社，1997）。

5　左東嶺，《王學與中晚明士人心態》（北京：人民文學出版社，2000），頁546。

品的傾聽諦視,如李贄本人在其所著《初潭集序》中自言「善讀儒
書而善言儒行者,實莫過於卓吾子也」[6]、「夫卓吾子之落髮也有故,
故雖落髮為僧,而實儒也」[7]等,將發現左東嶺先生以下見解,有
其一定的文本依據:

> 在論述李贄之思想人格時,雖不能僅僅注意其心學因素而忽
> 略其釋道等其他因素,卻又必須抓住心學此一主要線索,否
> 則便不利於對其學術特徵之認識。[8]

關於李贄與陽明心學關係,據相關文獻顯示,李卓吾曾在南京、雲
南面見過王龍溪與羅近溪,並自謂「學問須時時拈掇,乃時時受用,
縱無人講,亦須去尋人講。蓋日講則日新,非為人也,乃專專為己
也。龍溪、近溪二大老可以觀矣」[9]、「無歲不讀二先生之書,無口
不談二先生之腹」[10]。其中,對於王龍溪,李贄稱其為「三教宗師」
[11],並以為龍溪文章有以下的特色:

> 近溪語錄須領悟者乃能觀於言語之外,不然,未免反加繩
> 束,非如王先生字字皆解脫門,既得者讀之足以印心,未得

6　李贄,《初潭集》(北京:中華書局,2009),頁 1。
7　同前註。
8　左東嶺,《李贄與晚明文學思潮》(天津:天津人民出版社,1997),頁 546。
9　《焚書卷二 · 答莊純夫書》,頁 54~55。
10　《焚書卷二 · 羅近溪先生告文》,頁 123。
11　《續焚書卷一 · 與焦弱侯》,頁 25。

者讀之足以證入也。[12]

也就是，就讀者接受角度來看，關於王龍溪文章，無論是既得者或是未得者，皆能有所印證。但近溪文章則需「領悟者」才能觀其言外之意。此句乍看之下，彷彿李贄較傾近龍溪思想。但其實深一層來看將知，若非李贄自視為「領悟者乃能觀於言語之外」的「領悟者」，自信能從「領悟者」慧眼穿透羅近溪學說的言外之意，又豈輕易道出若無超絕之洞識，對羅氏智慧決不能察之的話語呢？這也難怪李贄在文章中自許為羅近溪知己，說：「我若不知近老，則近老有何用乎！惟我一人知之足矣」[13]。所以林其賢先生才說道：

> 卓吾站在一般讀者的立場來考量，他推薦了龍溪；但就他自己來說，當然不會有眼不明的情形，他自能看透言語之外。[14]

林先生以此為基礎，又進一步闡述李贄與羅近溪思想之密切：

> 卓吾在宣揚時，雖似乎偏贊王龍溪，那是考慮到多數人的吸收能力，他自己則是取法羅近溪的多。例如，卓吾最有名的〈童心說〉，便是受到羅近溪「大人赤子之心」的啟發；而卓吾〈答鄧石陽〉所提的：「穿衣吃飯，即是人倫物理；除

---

[12] 《焚書卷二・復焦弱侯》，頁 48。
[13] 《焚書卷一・答耿司寇》，頁 35。
[14] 林其賢，《李卓吾的佛學與世學》（台北：文津出版社，1992），頁 36~37。

却穿衣吃飯，無倫物矣。」從人倫日用加明察以體會道理的
風格，正是近溪「抬頭舉目，渾全只是知體見著，啟口容聲，
纖悉盡是知體發揮」的同調。近溪自謂「三十年來，穿衣吃
飯，終日雖住人寰，注意安身，頃刻不離聖域。」[15]

從林先生考察，可知羅近溪心學對李贄思想滲透度之濃密，不下於
王龍溪。尤其上述的「童心說」，乃受到羅近溪「赤子之心」的啟
發，更為學界所共識[16]。關於羅近溪的「赤子之心」，前文已以「一
陽之氣」的角度來進行理解與詮釋。既然羅近溪「赤子之心」可從
「氣」的角度切入，受其影響的李贄「童心說」，自當有從「氣」
概念進行掘發論述的可行性。

　　而對於「童心」概念，下文將透過與羅近溪「赤子之心」息息
相關的「一陽之氣」觀念，作為詮釋參照進路，探測李贄「童心」
概念的「氣」意涵與特徵。而後將以此「童心」之「氣」角度，對
〈童心說〉一文進行「氣」之意涵的詮釋，並對李氏相關文論觀點，
做出更豐富的「氣」角度詮釋，以指出就理解李贄文論而言，除了
目前學界常採取的反禮教之個人情欲解放與道德主體性兩種角度
外，若放在目前中國思想之「氣─身體」研究角度來切入理解，李
贄文論豐富意涵的揭示，亦是令人期待的。

---

[15] 同前註，頁 38。
[16] 周志文先生也以〈「童心」、「初心」與「赤子之心」〉一文，專論羅氏「赤
子之心」與古典文論如李贄「童心說」之關係。（參見《古典文學》第 15
期，2000 年 9 月，頁 75~97。）

第二節 從羅近溪「一陽之氣」看李贄「童心」的
　　　　特徵與意涵

一、生生不息

李贄所謂的「童心」是：

> 夫童心者，絕假純真，最初一念之本心也。若失卻童心，便
> 失卻真心；失卻真心，便失卻真人。人而非真，全不復有初
> 矣。[17]

這段引文明確地道出所謂「童心」，即是「本心」、「真心」。對此「童
心」、「本心」，李贄甚為重視，如：

> 唯我能隨寓而安，無事固其本心，多事亦好度日。[18]

> 我心安焉，即為樂土，勿太俗氣，搖動人言，急於好看，以
> 傷我之本心也。[19]

從日常無事到往生遺言，卓吾念茲在茲的，均是對「童心」、「本心」

17　《焚書卷三・童心說》，頁 98。
18　《續焚書卷一・與城老》，頁 19。
19　《續焚書卷四・李卓吾先生遺言》，頁 102。

的愛護、固持。尤其從卓吾吩咐其死後，不傷其「童心」、「本心」的呼籲，更透露了在李贄觀念裡，人之肉體將隨命終而同草木朽矣，然其「童心」、「本心」卻具有不受生死大限的特質。這與前文探討所得出的－羅近溪觀念中「赤子之心」的「一陽之氣」，能在人形體化成灰後，仍如太陽輪轉般地往來不息，具有一致性。

二、「不容已」、「真」

此外，以下引文彰顯了「童心」、「本心」所具有的獨特性：

> 此來一番承教，方可稱真講學，方可稱真朋友。公不知何故而必欲教我，我亦不知何故而必欲求教於公，方可稱是不容已真機，自有莫知其然而然者矣。[20]

> 雖各各手段不同，然其為不容已之本心一也。[21]

> 是又欲蓋覆此欲也，非公不容已之真本心也。[22]

在上文的「不知何故」、「不容已真機」、「莫知其然而然」與「不容已之真本心」敘述中，揭露了「童心」、「本心」所具有的特性，

---

[20] 《焚書卷一・答耿司寇》，頁29。
[21] 《焚書卷一・答耿司寇》，頁30。
[22] 《焚書卷一・答耿司寇》，頁36。

包括了「自然而然」、「不容已」與「真」。這與羅近溪所認為的
「赤子之心」的「一陽之氣」，所具有的「自然」、「真」等特質，
也是如出一轍的。

三、毫無私欲的公心

另外，我們於前文也得出，當「赤子之心」的「一陽之氣」充
滿於體內，塵世間的欲念均能消失。而李贄亦有此觀念，如以下所
言：

> 夫以率性之真，推而擴之，與天下為公，乃謂之道。[23]

> 既無半點私意，則所云者純是一片赤心。[24]

由上可知，李贄所謂的「童心」、「本心」，乃是完全沒有半點私意
的公心。所以他告訴人不可「所愛只於七尺之軀，所知只於百年之
內而已」[25]；而應明白「自己性命悠久，實與天地作配於無疆」[26]。
也就是應將人生著力點，放在與天地同樣無窮無盡的「童心」、「本
心」性命上，而不能只為身軀的溫飽而活。

---

[23] 《焚書卷一·答耿中丞》，頁 16。
[24] 《焚書卷一·答耿司寇》，頁 32。
[25] 《續焚書卷一·答馬歷山》，頁 1。
[26] 同前註。

四、與「赤子之心」同樣的相關名詞

再者，我們仔細觀察以下引文所述：

1. 故苟志於仁，則自無厭惡。何者？天下之人，本與仁者一般，聖人不曾高，眾人不曾低，自不容有惡耳。所謂有惡者，惡鄉愿之亂德，惡久假之不歸，名為好學而實不好學者耳。若世間之人，聖人與仁人胡為而惡之哉！蓋已至於仁，則自然無厭惡；已能明德，則自能親民。皆自然而然，不容思勉。此聖學之所以為妙也。故曰「學不厭，知也，教不倦，仁也」，「性之德也，合內外之道也，故時措之宜也」。何等自然，何等不容已。[27]

2. 蓋由中而出者謂之禮，從外而入者謂之非禮；從天降者謂之禮，從人得者謂之非禮；由不學、不慮、不思、不勉、不識、不知而至者謂之禮，由耳目聞見，心思測度，前言往行，彷彿比擬而至者謂之非禮。[28]

引文第一則的「已至於仁，則自然無厭惡；已能明德，則自能親民。皆自然而然，不容思勉」、「『性之德也，合內外之道也，故時措之宜也』。何等自然，何等不容已」，明顯揭露了李贄所謂的「仁」、「明

---

[27] 《焚書卷一·復京中友朋》，頁 21。
[28] 《焚書卷三·四勿說》，頁 101。

德」、「性之德」概念，亦具自然而然、不容已特質。由此，我們可
合理地推測，李贄觀念的「仁」、「明德」、「性之德」，即為其
所謂不容已、自然的「本心」、「童心」；同時也是引文第二則「蓋
由中而出者謂之禮」、「由不學、不慮、不思、不勉、不識、不知而
至者謂之禮」的不思不勉的「未發之中」[29]。這裡的「仁」、「明
德」、「性之德」與「未發之中」，當為以下引文的「性命」概念，
如：

> 功名富貴等，平生盡能道是身外物，到此反為主而性命反為
> 賓，奈之何！[30]
> 凡為學皆為窮究自己生死根因，探討自家性命下落。[31]

由引文可看出，李贄相當重視與生死密切相關的「性命」。這裡所
謂的「性命」概念，當指前文所述的，李贄至死之前，仍念念不忘
的「童心」、「本心」。就羅近溪而言，與「赤子之心」概念相關的
名詞，亦包括了所謂的「仁」、「明德」、「未發之中」[32]與「天命之

---

[29] 也就是，引文「蓋由中而出者謂之禮」的「中」，即李贄於他處所常言的「未
發之中」。如「夫人倫之至，即未發之中，苟不知未發之中，則又安能至乎？
蓋道至於中，斯至矣」（《焚書卷四·耿楚倥先生傳》，頁 142），後文「道至
於中」的「中」，即前文「未發之中」的「中」。

[30] 《焚書增補一·與焦從吾》，頁 255。

[31] 《續焚書卷一·答馬歷山》，頁 1。

[32] 如羅近溪說道：「中庸者，民生日用而良知良能者也。故不慮而知，即所以
為不思而得也；不學而能，即所以為不勉而中也。不慮、不學、不思、不勉，
則即無聲臭而闇然以淡、簡、溫矣。」（《近溪子集·卷禮》，頁 7。）這裡

性」(「性命」),足見李贄所謂的「童心」,具有與「赤子之心」同
樣的其它相關名詞。

五、流行於天地、「感通」

只是,羅近溪所謂「赤子良心」的作用,可用仁心陽氣「感通」
詮解之。而李贄之「童心」,是否可作如此的闡釋呢?透過以下引
文的分析考察,我們或可尋繹出相關的解答:

> 1. 蓋人人各具有是大圓鏡智,所謂我之明德是也。是明德
> 也,上與天同,下與地同,中與千聖萬賢同,彼無加而我無
> 損者也。[33]

> 2. 然吾之明德果安在乎?吾以謂其體雖不可見,而實流行充
> 滿於家國天下之間,日用常行,至親至近,誰能離之。苟能
> 即親民以明吾之明德,則吾德之本明,不居然而可見乎?故
> 又曰「在親民」焉。[34]

> 3. 噫!非苟志於仁者,其孰能知之?苟者誠也,仁者生之理
> 也。[35]

的「中庸者,民生日用而良知良能者也」之「中庸」,即「未發之中」概念。

[33] 《續焚書卷一‧與馬歷山》,頁3。

[34] 《續焚書卷一‧與馬歷山》,頁4。

[35] 《焚書卷一‧又答京友》,頁22。

4. 又曰「大學之道，在明明德，在親民。」只此一親字，便
是孔門學脈。能親便是生機。[36]

按照引文第一則的敘述脈絡，「仁－明德」乃是天地人物所共同具
有的。尤其引文第二則「吾以謂其體雖不可見，而實流行充滿於家
國天下之間，日用常行，至親至近，誰能離之」更細緻地揭示了，
所謂的「仁－明德」（也就是所謂的「童心」），乃以「氣」方式
「流行」充滿於家國天下之間。人身上這樣的「心－氣」遍潤通達
家國萬物的描述，在明代理學文獻中，是不難見到的。如王龍溪曾
說道：「良知之凝聚為精，流行為氣，妙用為神」[37]、「良知者，
天地之靈氣，原與萬物同體」[38]－良知本心以「氣」方式「流行」
於天地萬物間；在前文中，我們亦得出，羅近溪所謂的「赤子之心」
所含之「一陽之氣」，原也是普及於宇宙任何一時空中的，只是當
其落於人身上，方為人之「赤子之心」。本文以為，李贄所認為的
「仁－明德」、「童心」流行於家國天下的「流行」，應即是前文
所提到的「童心」之「氣力限量」的「氣」，原本就在家國天下間
生生不息流行著[39]。且此「氣」之流行，若連結於引文第三則的「仁

---

36 《焚書卷一・復京中友朋》，頁 20。

37 〈南遊會紀〉，頁 154。

38 〈太平杜氏重修家譜序〉，頁 360。

39 也就是，流行而充滿於天地家國間的「氣」，與人身上「童心」之「氣力限
量」的「氣」是等同的。此「氣」本就在天地萬物間生生不息地流行著，當
其落實於人身上便為「童心」明德之「氣」。人藉此「童心」之「氣」遍潤

者生之理也」，可知其乃與羅近溪的「仁－一陽之氣」一樣，充滿活潑生意。此「仁－明德」童心之氣，就如引文第三、四則所說的，一旦落於人身，在人身上發揮作用，便能「親」民，便能充滿「生機」。而此「親」字，其實便是李贄在〈與友人〉一文中「一人之心通乎天下古今人之心」的「通」字意涵：

> 夫文王繫《易》，在羑里時也。此何時也！字字皆肺腑，一人之心通乎天下古今人之心。[40]

也就是，能「親」便能相「感通」；所做出的文章，便能感通天下萬人之心。所以李贄所認為的，在人身上的「仁－明德」童心之氣作用，可用羅近溪所謂的「親親」[41]、「感通」來具體解釋之。

六、「自然止乎禮義」

此一「仁－明德」或者說是「童心」、「本心」之氣，可感通天地萬物，或更具體言之，可感通流行於天地萬物中的天道，並自然而然、不思不勉地將天道顯發為禮文，如：

流行於身體，可達到與家國天下親親為一體的效果。

[40] 《續焚書卷一·與友人》，頁39。

[41] 如羅近溪說道：「孔子指此愛根而名『仁』，推此愛根以為人，合而言之曰：『仁者，人也，親親為大。』若曰：為人者，常能親親也，則愛深而其氣自和，氣和而其容自婉。」（《孝經宗旨》，頁431。）

1. 道之在人，猶水之在地也。人之求道，猶之掘地而求水也。然則水無不在地，人無不載道也審矣。而謂水有不流，道有不傳可乎？[42]

2. 夫人倫之至，即未發之中，苟不知未發之中，則又安能至乎？蓋道至於中，斯至矣。故曰：「中庸其至矣乎。」又曰：「無聲無臭至矣。」[43]

3. 思知人不可以不知天，而天道則不勉不思而從容自中，所謂誠者也。[44]

4. 蓋由中而出者謂之禮，從外而入者謂之非禮；從天降者謂之禮，從人得者謂之非禮；由不學、不慮、不思、不勉、不識、不知而至者謂之禮。[45]

5. 蓋聲色之來，發於情性，由乎自然，是可以牽合矯強而致乎？故自然發於情性，則自然止乎禮義，非情性之外復有禮義可止也。惟矯強乃失之，故以自然之為美耳，又非於情性

---

[42] 李贄，《藏書》（台北：台灣學生書局，1974），頁 517。

[43] 《焚書卷四·耿楚倥先生傳》，頁 142。

[44] 李贄、劉東星同撰，《明燈道古錄》（台北：中國子學名著集成編印基金會，1978），頁 533。

[45] 《焚書卷三·四勿說》，頁 101。

之外復有所謂自然而然也。[46]

引文第一則指出，道之在人，猶水之在地也。而水無不在地，人無不載道也。只是「道」究竟在人之何處呢？對此，誠如引文第二則所說的「蓋道至於中，斯至矣」，可知人身上可與「道」相接連的，便是「未發之中」，也就是本文的論述核心－「本心」、「童心」。

　　就如引文第三則所說的「天道則不勉不思而從容自中」，此「未發之中」，其能感通「從天降者」的天道，並如前文羅近溪所認為的能自然而然、毫無任何勉強地顯發為禮文，或發自本能地自然表現出道義行為。如第四則引文的「從天降者謂之禮，從人得者謂之非禮」，便道出了所謂「禮」，乃是人之「喜怒哀樂之未發謂之中」在「發而中節」下，與「天道」相通的「童心」之氣，從意識底層升起，暢遍四肢，整個視聽言動，自發性地呈現禮文的狀態。如引文第五則的「蓋聲色之來，發於情性，由乎自然，是可以牽合矯強而致乎？故自然發於情性，則自然止乎禮義」，該「情性」當指具自然而然特質的童心所發用之情性。也就是，即使是聲調音色，李贄以「蓋聲色之來，發於情性」表示[47]，其亦可由童心之自然情性所發用。由此童心之情性所發用的聲調音色，可自然止於禮義，以作為「天理」象徵的「禮」文呈現。這就如李贄以下的名言：

---

[46] 《焚書卷三·讀律膚說》，頁 132。
[47] 同前註。

穿衣吃飯，即是人倫物理；除却穿衣吃飯，無倫物矣。[48]

穿衣吃飯等日常生理欲求行為，可以是「人倫物理」之「理」的展現。這與前文所引的羅近溪之言：「我起初做孩子時，已曾有一個至靜的天體，又已曾發露出，許多愛親敬長，饑食渴飲，停當至妙的天則」[49]－當「至靜的天體－赤子之心」發用時，「饑食渴飲」等日常生理欲求，也可以是「天理」「天則」的示現，具有異曲同工之妙。

七、「童心」之性包含「仁義禮智」

只是一般人要觀察到此人倫日常言行中的天道至理，李贄以為需得「本心」，如以下引文：

> 然此好察邇言，原是要緊之事，亦原是最難之事。何者？能好察則得本心，然非實得本心者決必不能好察。[50]

> 大舜之所以好察而為古今之大智也。[51]

上文便是指出，舜聖人便是能以「本心」觀察日常邇言之天理，所

---

48 《焚書卷一・答鄧石陽》，頁 4。
49 《近溪子集・卷御》，頁 125。
50 《焚書卷一・答鄧明府》，頁 41。
51 同前註。

以能成為大「智」者。這兩則引文有以下兩點值得再詳加闡述的：

一、我們在前文探討羅近溪「赤子良心」時，提及其詳細內容至少包含了「仁義禮智」。而我們若根據前面所引的「自然發於情性，則自然止乎禮義」[52]與「仁者生之理也」[53]，可知李贄的「童心」「本心」所生之性[54]，至少包含了「仁義禮」。至於是否含有「智」性？我們以為，以上引文第一則「好察邇言」的「察」，若參照對李贄十分推崇的湯顯祖[55]，其所謂的「質青，仁也；耿介，義也； 聽察先聞，智也；五章，禮也。有此四德者，可為世儀」[56]，可知「察」實為本心所含有的「智性」作用，如舜聖人便因有此本心大智，才能從百姓日用之邇言中觀察出天理。所以李贄觀念的「本心」所生之性，仍與羅近溪一樣包含了「仁義禮智」。

二、以上引文大意乃在指出，想要從百姓日用之邇言觀察出天理，其實均要進行本心的修養實踐，讓其氣從意識底層升起，而於體內渾然流行，才能從凡俗世界，看出其背後的天理流行神聖性。

八、「童心」之「氣」在人的意識底層

---

52 《焚書卷三・讀律膚說》，頁132。

53 《焚書卷一・又答京友》，頁22。

54 如李贄說道：「夫道者，路也，不止一途；性者，心所生也，亦非止一種已也。」（《焚書卷三・論政篇》，頁87。）

55 湯顯祖對李贄十分推崇，以為「聽以李百泉之傑，尋其吐屬，如獲美劍。」（見徐朔方箋校，《湯顯祖全集・答管東溟》〔北京：北京古籍出版社，1998〕，頁1295。）

56 《湯顯祖全集・送吳侯本如內徵歸宴世儀堂碑》，頁1208。

　　透過前面幾點的羅近溪「一陽之氣」與李贄「童心」概念相關
議題的互相參照，可明顯看出李贄「童心」之「氣」乃在人身的意
識底層中。也就是，在前言中，本文曾推論出，李贄觀念中，「童
心」之「氣力限量」非僅達於「皮膚骨血」之間。而透過上文論述，
本文以為，「童心」之「氣力限量」應該就是羅近溪「赤子之心」
的「一陽之氣」，其乃深入在人的意識底層中。如於此可仔細推敲
〈童心說〉以下文句：

> 古之聖人，曷嘗不讀書哉！然縱不讀書，童心固自在也，縱
> 多讀書，亦以護此童心而使之勿失焉耳，非若學者反以多讀
> 書識理而反障之也。[57]

這裡明確指出，古聖人也是多讀書的。只是其多讀書的目的，不是
為了表面上的美名利益，而是為了「護此童心而使之勿失」。下文
更指出，為護「童心」而多讀書的聖人，終身問學到了「寢食俱廢」
的地步，便是為了「渺磨其意識」、「刷滌其聞見」。如：

> 是以古之聖人，終其身於問學之場焉，講習討論，心解力行，
> 以至於寢食俱廢者，為淡也。淡又非可以智力求，淡又非可
> 以有心得。[58]

---

[57] 《焚書卷三・童心說》，頁 98。
[58] 《焚書卷一・答耿中丞論淡》，頁 24。

夫古之聖人，蓋嘗用湔刷之功矣。但所謂湔磨者，乃湔磨其意識，所謂刷滌者，乃刷滌其聞見。若當下意識不行，聞見不立，則此皆為寐語，但有纖毫，便不是淡，非常惺惺法也。[59]

若將這兩段引文與前一引文的「古之聖人，曷嘗不讀書哉！然縱不讀書，童心固自在也，縱多讀書，亦以護此童心而使之勿失焉耳」相結合來看，便知聖人多讀書，乃是為了「湔磨其意識」、「刷滌其聞見」，以使童心顯現。也就是，讓浮顯於身體的聞見知覺等理性意識停止運行，讓潛於身體意識底層處的「童心」之「氣」，能在多讀書以致身體的「心解力行」、「寢食俱廢」中翻轉上升，讓身體感官受「童心」之「氣」的潤澤，淡化所有欲望，達到與書中聖賢合德感應的淡然境界。依此，可看出「童心」之「氣」乃在與聞見理性意識相對立的意識底層。

　　總之，當本文從羅近溪「一陽之氣」看李贄「童心」概念，可歸結出以下幾點特徵與意涵：

（一）　「童心」之氣流行於天地間，當其落於人身中，乃在人的意識底層處，而為人之「性命」（「仁」、「明德」、「性之德」、「本心」、「未發之中」）。

（二）　「童心」之氣更詳細內涵包含了「仁義禮智」之性，其具「感通」作用，其可感通宇宙生機、天地至理，並將所感通的天地至理，自然而然顯發為禮文狀態。換言之，其情

---

[59] 同前註。

性自然發用之聲調音色，能「自然止乎禮義」。

（三） 當「童心」之氣從意識底層發用，而於體內流行之際，將使人具「自然」、「真」等本真率性之特質。

（四） 當「童心」之氣充滿於體內，塵世間的欲念能看淡，甚至消失於無形；「童心」乃是沒有任何人為私欲的「公心」。

（五） 人意識底層中的「童心」之氣，在人形體化成灰之際，仍可生生不息。

李贄復進一步將其繼承羅近溪「赤子之心」概念而來的「童心」觀，發展到文學理論上，撰寫了古今聞名的〈童心說〉一文。透過上文的論述分析，有助於吾人於下一節對李贄〈童心說〉一文，進行「氣」的角度的詮釋。於此我們將先說明的是，關於〈童心說〉一文，其最後一段從「夫《六經》、《語》、《孟》，非其史官過為褒崇之詞，則其臣子極為贊美之語」到「吾又安得真正大聖人童心未曾失者而與之一言文哉」，因一來關係到李贄對待六經與聖人的實際態度究竟為何，此向來頗具爭議，需另外撰文詳細探究；二來此非本文論述重點，因此本書暫且不作詮解分析。

第三節 李贄〈童心說〉的「氣」意涵詮釋

一、「童心」即「真心」

龍洞山農敘《西廂》末語云：「知者勿謂我尚有童心可也。」夫童心者，真心也。若以童心為不可，是以真心為不可也。

> 夫童心者，絕假純真，最初一念之本心也。若失卻童心，便
> 失卻真心；失卻真心，便失卻真人。人而非真，全不復有初
> 矣。[60]

從上文的「童心」之「氣」概念分析，來觀照〈童心說〉一文第一
段，可知其最值得一提的是，這裡的「真心」、「真人」，不能只是
簡單地詮解成「真誠」義而已。其背後蘊含著如此豐富的意涵：當
人保有沒有任何私欲的童心時，正表示著，原於意識底層的童心明
德之氣，完全充盈於耳目四肢；此身體的狀態，乃是處於意識深層
的狀態，在此深沈狀態下的任何動力作為，均是獨立自足、自然而
然，不受一般理性意識控制的，也就是均是率真自然而發，沒有半
點虛假的，由此我們乃可說「童心」之人，就是「真心」之人。

二、「童心既障」與「童心遽失」

> 童子者，人之初也；童心者，心之初也。夫心之初曷可失也！
> 然童心胡然而遽失也？蓋方其始也，有聞見從耳目而入，而
> 以為主于其內而童心失。其長也，有道理從聞見而入，而以
> 為主于其內而童心失。其久也，道理聞見日以益多，則所知
> 所覺日以益廣，於是焉又知美名之可好也，而務欲以揚之而
> 童心失；知不美之名之可醜也，而務欲以掩之而童心失。夫
> 道理聞見，皆自多讀書識義理而來也。古之聖人，曷嘗不讀

---

[60] 《焚書卷三・童心說》，頁98。

書哉！然縱不讀書，童心固自在也，縱多讀書，亦以護此童心而使之勿失焉耳，非若學者反以多讀書識義理而反障之也。夫學者既以多讀書識義理障其童心矣，聖人又何用多著書立言以障學人為耶？童心既障，於是發而為言語，則言語不由衷；見而為政事，則政事無根柢；著而為文辭，則文辭不能達；非內含於章美也，非篤實生輝光也，欲求一句有德之言，卒不可得。所以者何？以童心既障，而以從外入者聞見道理為之心也。[61]

這裡引文的「古之聖人，曷嘗不讀書哉！然縱不讀書，童心固自在也，縱多讀書，亦以護此童心而使之勿失焉耳，非若學者反以多讀書識義理而反障之也」，於前文已有論述，於茲不贅。以上引文若從「氣」的角度進行理解，可知由於人人均有過「童子」時期，所以均有過舉手投足均是率真自然的「童心」狀態。只是何以後來卻遠離之呢？

李贄對此作了考察，以為一切均是人為的聞見道理知識在作怪。也就是，當人長大之際，不斷地在原來處於意識深層狀態的耳目感官中，添加層層外來的理性知覺意識，又有美名等名利誘惑，於是漸漸將「童心」壓抑到心靈越底層，失之亦毫無感覺。在此「童心既障」狀態下，任何言語文辭，便非出於「童心」「明德」之氣的率真自然之發用。也就是，這裡的「欲求一句有德之言，卒不可得」的「德」，當為前文所論及的李贄「童心」概念的另一相關名

---

[61] 《焚書卷三·童心說》，頁98~99。

詞—「明德」。此「童心」「明德」之氣，若受到障蔽，將使得人
在從事言語、政事、文辭等行為時，變成了下文中的「假人」、「假
言」、「假文」。

三、「假人」、「假言」及「假文」

> 夫既以聞見道理為心矣，則所言者皆聞見道理之言，非童心
> 自出之言也。言雖工，於我何與，豈非以假人言假言，而事
> 假事，文假文乎？蓋其人既假，則無所不假矣。由是而以假
> 言與假人言，則假人喜；以假事與假人道，則假人喜；以假
> 文與假人談，則假人喜。無所不假，則無所不喜。滿場是假，
> 矮人何辯也？[62]

世俗所謂的讀書，大多為了聞見知識義理的認識，多為了外在美名
的發揚，如此外來聞見知識、名利欲望的障蔽，反而讓「童心」被
掩藏在意識深層裡，「真心」、「真人」也無法顯露。所以李贄「童
心說」完全針對當時刻意以讀書來豐厚自己義理學問與世俗美名的
偽道學，以為如此所成就出的，只是世俗的「假人」、「假言」、「假
語」、「假文」而已。

四、「無時不文，無人不文」

---

[62] 《焚書卷三·童心說》，頁99。

然則雖有天下之至文，其湮滅于假人而不盡見于後世者，又
豈少哉！何也？天下之至文，未有不出于童心焉者也。苟童
心常存，則道理不行，聞見不立，無時不文，無人不文，無
一樣創制體格文字而非文者。詩何必古選，文何必先秦，降
而為六朝，變而為近體；又變而為傳奇，變而為院本，為雜
劇，為《西廂曲》，為《水滸傳》，為今之舉子業，皆古今至
文，不可得而時勢先後論也。故吾因是有感于童心者之自文
也，更說甚麼六經，更說甚麼《語》、《孟》乎？[63]

我們若將以上引文的「天下之至文，未有不出于童心焉者也。苟童
心常存，則道理不行，聞見不立，無時不文，無人不文，無一樣創
制體格而非文者」，與前文曾引用的「夫古之聖人，蓋嘗用湔刷之
功矣。但所謂湔磨者，乃湔磨其意識，所謂刷滌者，乃刷滌其聞見。
若當下意識不行，聞見不立，則此皆為寐語，但有纖毫，便不是淡，
非常惺惺法也」相參照來看，便能明瞭李贄理想的「天下之至文」，
乃出自該作者在身體的聞見道理等理性意識停止運行，讓「童心」
之「氣」從意識深層處翻轉上升，潤澤到身體感官每一部分，達與
聖人合德的境界，如此便自然「無時不文，無人不文，無一樣創制
體格而非文」。

　換句話說，只要讓「童心」之氣完全於身體手足流通，道理聞
見意識黯然遁形，便能「己身代天工」地，以「文」示現他在意識
底層狀態下，所感通到的蘊含無窮豐富意義的至道真理，那怕此

---

[63] 《焚書卷三·童心說》，頁99。

「文」是以民間小說戲劇的模式呈現！

詳言之，如前所述的，在羅近溪觀念中，「六經」之文便是聖人回到深層意識狀態，將他在身心底層、心道交接處所領受的大道奧旨，在心氣形體興發下，自然表現成的詩化語文。這樣的語文可讓人們透過「經典」修身或誦讀，進入深層的意識狀態，體證天理流行之宇宙實相，同時獲得身心的安頓。這正是羅近溪何以終身不離經典「聖域」以「安身」的原因。

而李贄於此儼然將原被視為「小道」的小說戲劇俗文學「經典化」，以為只要傳奇、院本、雜劇等，是出自作者的「童心」之作，便與「經典」一樣，均為示現天下之至道、讓人身心獲安頓的「天下之至文」。也就是，只要是出自作者意識底層「童心」「明德」之氣率真自然發用所形成的「文」，即使是傳奇、院本、雜劇，也是「天下之至文」，因其蘊含著「童心」「明德」之氣所感通到的蘊含無窮豐富意義的至道真理。

於此或許有人感到詫異，李贄明明反對「道理聞見」等義理知識，我們怎會將出自「童心」的「天下之至文」，詮釋成蘊含著無窮豐富意義的至道真理？

對此，我們仍須不厭其煩地強調，李贄所反對的「道理聞見」等知識，乃是人在理性意識下，透過讀書認識義理所得而來。這樣所認識的義理，只能豐富我理性上的知識，卻無助於人格的長成、身心的安頓。

但經由人在「童心」之氣意識底層狀態下，所感通的至道真理就不一樣了。此至道真理，就像前文曾引的蔣年豐先生所說的，像詩文一樣，充滿歧義性，「恍若猜謎，像知道，又像不知道。但在

這樣的恍若之中，卻又有一份深沈的澄定感，讓人安身立命，樂天知命」[64]。李贄正是肯定小說戲劇俗文學，與「經典」一樣，蘊含這樣無窮豐富意義、又給人安身立命的至道真理，所以才在〈紅拂〉一文中，以「孰謂傳奇不可以興，不可以觀，不可以群，不可以怨乎」表示[65]，傳奇與承載「恆久之至道」的詩經經典一樣[66]，同具興觀群怨的作用[67]。

第四節 從「童心」之「氣」概念看李贄相關文藝思想

透過〈童心說〉一文的「氣」意涵詮釋，我們可以清楚看到，「童心」可以說是李贄文藝思想最核心的概念。也就是，一切理想的文藝，均是出自作者意識底層的「童心」明德之氣於體內的渾然流行。於此我們將問的是，以「氣」角度所詮釋出的「童心」概念，是否有助於吾人對於李贄其它相關文藝思想的理解呢？以下是我

---

[64] 蔣年豐，《文本與實踐（一）》（台北：桂冠圖書公司，2000），頁219。

[65] 《焚書卷四·雜述·紅拂》，頁195。

[66] 如六朝文論大家—劉勰於《文心雕龍·宗經》說道：「經也者，恆久之至道，不刊之鴻教」。詩經既是「經」，便承載著「恆久之至道」。

[67] 從相關文獻均可看出，無論是羅近溪或是李贄，他們觀念中的「詩經」，均不是現代學人所謂「作者自我的內在獨白、瞬間感興、強調感情本體」（鄭毓瑜，〈詮釋的界域—從詩大序再探「抒情傳統」的建構〉，《中國文哲研究集刊》第23期，2003年9月，頁31）—純然強調「抒情自我」的純文學作品，而是含有宇宙最深層的大道性命聲音，在此興觀群怨教化下，總有安身立命之感。

們的討論。

一、「化工」與「畫工」

李贄在同樣談及「天下之至文」的「化工說」中說道：

> 《拜月》《西廂》，化工也。[68]

> 今夫天之所生，地之所長，百卉具在，人見而愛之矣，至覓其工，了不可得，豈其智固不能得之歟！要知造化無工，雖有神聖，亦不能識知化工之所在，而其誰能得之？[69]

> 意者宇宙之內，本自有如此可喜之人，如化工之於物，其工巧自不可思議爾。[70]

以上引文若參照「由此觀之，畫工雖巧，已落二義矣。……皆所以語文，而皆不可以語於天下之至文也」[71]、「（畫工）蓋雖工巧之極，其氣力限量只可達於皮膚骨血之間」[72]，可知與「畫工」相對立的「化工」，乃是第一義的「天下之至文」。

68　《焚書卷三·雜說》，頁 96。
69　同前註。
70　同前註，頁 97。
71　同前註，頁 96～97。
72　同前註，頁 97。

　　而如前文所述的，「天下之至文」乃出於「童心」。而「童心」之「氣力限量」，若能從意識深層處翻轉上升，而於體內流行，自然而然能接引、感通宇宙造化間難以用理性智慮所理解的至道真理。

　　基此，雖然李贄以為，「化工」之作緣起於「余覽斯記，想見其為人，當其時必有大不得意於君臣朋友之間者」[73]、「文非感時發己，或出自家經畫康濟，千古難易者，皆是無病呻吟，不能工。……借他人題目，發自己心事，故不求工自工耳」[74]。也就是，「化工」之作往往緣於不得意之人「感時發己」、「發自己心事」，但其從「童心」之「氣」所發之心事，恐已非限於現實一時一地不平之事了，而是能「訴心中之不平，感數奇于千載。既已噴玉唾珠，昭回雲漢，為章於天矣」[75]。如：

> 且夫世之真能文者，比其初皆非有意於為文也。其胸中有如許無狀可怪之事，其喉間有如許欲吐而不敢吐之物，其口頭又時時有許多欲語而莫可所以告語之處，蓄極積久，勢不能遏。一旦見景生情，觸目興歎；奪他人之酒杯，澆自己之壘塊；訴心中之不平，感數奇於千載。既已噴玉唾珠，昭回雲漢，為章於天矣，遂亦自負，發狂大叫，流涕慟哭，不能自止。寧使見者聞者切齒咬牙，欲殺欲割，而終不忍藏於名山，

---

[73]　《焚書卷三・雜說》，頁 97。
[74]　《續焚書卷一・復焦漪園》，頁 46。
[75]　《焚書卷三・雜說》，頁 97。

投之水火。[76]

李贄以為,「化工」之作的作者往往非有意為文的,其原本總將現實怨憤之氣,蓄積於體內,「其胸中有如許無狀可怪之事,其喉間有如許欲吐而不敢吐之物,其口頭又時時有許多欲語而莫可所以告語之處」[77]。之後從表層意識慢慢累積壓抑到深層意識的「童心」之「氣」中。等到「蓄極積久」,童心怨憤之氣「勢不能遏」之際,一旦「見景生情,觸目興歎」,便「奪他人之酒杯,澆自己之塊壘」,只是此情此景所抒發的,因是出自於能感通天地古今之道的「童心」之「氣」,因此除了訴心中之不平,更能「感數奇於千載。既已噴玉唾珠,昭回雲漢,為章於天矣」[78]。也就是,其所示現的,是天地間千年永久之理;其所抒發的,是前文所曾引用的李贄在〈與友人〉一文所述的「字字皆肺腑,一人之心通乎天下古今人之心」[79]。

更激烈的狀況是,該作者還能因意識深層的童心怨憤之氣,在體內不由自主、不容已地翻揚上升,而「發狂大叫,流涕慟哭,不能自止」。而讀者見之聞之,同樣有著「切齒咬牙,欲殺欲割」的劇烈身體反應。這實在是因為該「化工」之作的「童心」怨憤之「氣力限量」,不只達於讀者「皮膚骨血」之間,而是深入到其意識深層之處,所以才使讀者的身體有如此激烈的舉動反應。這樣的狀況完全迥異於以下的「畫工說」:

---

76 《焚書卷三 · 雜說》,頁 97。
77 《焚書卷三 · 雜說》,頁 97。
78 同前註。
79 《續焚書卷一 · 與友人》,頁 39。

《琵琶》,畫工也。夫所謂畫工者,以其能奪天地之化工,
而其孰知天地之無工乎?[80]

由此觀之,畫工雖巧,已落二義矣。文章之事,寸心千古,
可悲也夫!且吾聞之,追風逐電之足,決不在於牝牡驪黃之
間;聲應氣求之夫,決不在於尋行數墨之士;風行水上之文,
決不在於一字一句之奇。若夫結構之密,偶對之切;依於理
道,合乎法度;首尾相應,虛實相生:种种禪病皆所以語文,
而皆不可以語於天下之至文也。[81]

蓋工莫工於《琵琶》矣。彼高生者,固已殫其力之所能工,
而極吾才於既竭。惟作者窮巧極工,不遺餘力,是故語盡而
意亦盡,詞竭而味索然亦隨以竭。吾嘗攬《琵琶》而彈之矣:
一彈而嘆,再彈而怨,三彈而向之怨嘆無復存者,此其故何
耶?豈其似真非真,所以入人之心者不深邪!蓋雖工巧之
極,其氣力限量只可達於皮膚骨血之間,則其感人僅僅如
是,何足怪哉![82]

李贄表示,畫工之作者以為透過「一字一句之奇」、「結構之密,偶

對之切；依於理道，合乎法度」等人力上的技巧或字句雕琢，就能
奪天地之化工，殊不知此作雖「窮巧極工，不遺餘力」，但其「語
盡而意亦盡，詞竭而味索然亦隨以竭」，反倒不如化工之作雖語盡
而意味無窮。

　　化工之作之所以能語盡而意味無窮，李贄有以下的說明：

> 今古豪傑，大抵皆然。小中見大，大中見小，舉一毛端建寶
> 王剎，坐微塵裡轉大法輪。此自至理，非干戲論。倘爾不信，
> 中庭月下，木落秋空，寂寞書齋，獨自無賴，試取《琴心》
> 一彈再鼓，其無盡藏不可思議，工巧固可思也。嗚呼！若彼
> 作者，吾安能見之歟！[83]

因化工之作出自「童心」之「氣」對天地至理的感通，且因天地至
理乃蘊含著不可思議、難以用理性意識思考議論的無盡藏內容，所
以往往不得不透過「小中見大，大中見小。舉一毛端建寶王剎，坐
微塵裡轉大法輪」等具體形象，來隱喻蘊含無窮豐富而深邃意義的
天地至理。

　　換言之，本文以為，「童心」之「氣」所接引感通的天道至理，
絕不能以「道德」意義侷限之，其具有無窮豐富深邃的意涵，正等
待能感通之的童心真心之人，向世俗人透露其意義消息，就如李贄
所欣賞的李白、蘇軾等：

---

[83] 同前註，頁98。

余謂李白無時不是其生之年，無處不是其生之地。亦是天上星，亦是地上英。[84]

蘇長公何如人，故其文章自然驚天動地。世人不知，祇以文章稱之，不知文章直彼餘事耳，世未有其人不能卓立而能文章垂不朽者。[85]

引文指出，李白文章能透露無時無處的天地訊息，所以「亦是天上星，亦是地上英」。而蘇軾並未刻意著力於文章之事，但其文章自然驚天動地，李贄認為那是因為其「人格卓立」，而文章自然永垂不朽。

這裡所謂「人格卓立」，就李贄而言，很自然讓我們聯想到其所主張的（童心）性命之學。也就是，李贄認為，蘇軾正因（童心）性命之學的涵養，正因其「童心」之「氣」如「火之始燃」地充滿體內，使其人格卓立，使其為「真人」真語[86]，感通天地人，所以自然能寫出驚天動地的文章，如李贄曾說過：「蓋言語真切至到，文詞驚天動地。」[87]由此我們便不難理解以下所言：

彼何人斯，亦欲自處於文學之列乎？他年德行不成，文章亦

---

[84] 《焚書卷三·李白詩題辭》，頁 211。

[85] 《焚書卷二·復焦弱侯》，頁 48。

[86] 如李贄說道：「若失卻童心，便失卻真心；失卻真心，便失卻真人。」（《焚書卷三·童心說》，頁 98。）

[87] 《續焚書卷一·與周友山》，頁 14。

> 無有，可悲也！夫文學縱得列於詞苑，猶全然於性分了不相
> 干，況文學終難到手乎？可笑可笑！可痛可痛！[88]

> 凡人作文皆從外邊攻進裡去，我為文章只就裡面攻打出來，就
> 他城池，食他糧草，統率他兵馬，直衝橫撞，攪得他粉碎，故
> 不費一毫氣力而自然有餘也。凡事皆然，寧獨為文章哉！[89]

綜合以上論述，若文章不能「就裡面攻打出來」，也就是「全然於
性分了不相干」，完全無關於（童心）性命之學[90]，如此文學終難成
就。也就是，在李贄觀念中，只要「童心」性命之「氣」，充滿於
作者體內，使之人格德行有成，自然而然就能作出不朽之文。由此
可看出，若從「童心」之「氣」概念角度進行理解，李贄的文章觀
念，仍未逸出中國傳統文論最重視的人格性命之涵養。

　　總之，以上從「童心」之「氣」概念看李贄「化工」觀念，讓
我們得知，雖然李贄以為「化工」之作往往緣於不得意之人感時發
己、發自己心事，但其從「童心」之「氣」所發之心事，恐非限於
現實一時一地不平之事了，而是能以一人之心通乎天下古今人之
心，通天通地通萬物，就像李贄所欣賞的李白文章一樣，能透露無

88　《續焚書卷一·與弱侯焦太史》，頁 21。

89　《續焚書卷一·與友人論文》，頁 6。

90　如從以下引文可看出李贄對性命之學的重視，如：「功名富貴等，平生盡能
　　道是身外物，到此反為主而性命反為賓，奈之何？」（《焚書增補一·與焦從
　　吾》，頁 255）；「凡為學皆為窮究自己生死根因，探討自家性命下落。」（《續
　　焚書卷一·答馬歷山》，頁 1。）

時無處的天地訊息，即使是該「化工」之作乃是所謂的「發憤之作」，其怨憤氣力限量，也是發自意識底層的童心之「氣」，而驚天動地、入人之深。也就是，就李贄文論思想而言，其可從「童心」之「氣」概念角度進行理解。李贄所謂「化工」的作者，其「童心」之「氣」、性命之德的涵養，必如蘇東坡人格一樣「卓立」，才能「其初皆非有意於為文」，但卻能「無時不文，無人不文，無一樣創制體格而非文」。從「童心」之「氣」概念作為觀照視角，將可發現李贄對文章創作的立論，可說是不脫離於傳統文論對人格性命涵養之重視。

二、「情性」與「性格」

　　蓋聲色之來，發於情性，由乎自然，是可以牽合矯強而致乎？故自然發於情性，則自然止乎禮義，非情性之外復有禮義可止也。惟矯強乃失之，故以自然之為美耳，又非於情性之外復有所謂自然而然也。故性格清徹者音調自然宣暢，性格舒徐者音調自然疏緩，曠達者自然浩蕩，雄邁者自然壯烈，沉鬱者自然悲酸，古怪者自然奇絕。有是格，便有是調，皆情性自然之謂也。莫不有情，莫不有性，而可以一律求之哉！然則所謂自然者，非有意為自然而遂以為自然也。若有意為自然，則與矯強何異。故自然之道，未易言也。[91]

---

[91] 《焚書卷三・讀律膚說》，頁 132～133。

引文前半段從「蓋聲色之來，發於情性」到「又非於情性之外復有
所謂自然而然」的大意，前文已論述，於茲不贅。於此將詳細說明
的是，既然前文將該引文之「情性」，詮解為具自然而然特質的「童
心」之「情性」。也就是「童心」「明德」之性從意識底層處所自然
而然發用的「情」。那麼此「情」，便不同於「情欲」。

　　詳言之，我們於前文結論曾指出，當「童心」之「氣」充滿於
體內，塵世間的欲念能消失於無形。所以由「童心」之「氣」所發
用的「情」，便不同於塵世間的「情欲」、「欲」、「耳目口體之欲」。
這樣的「情性」，應就如羅近溪以下所說的「情性」：

> 「中庸」二字，可以概言，亦可分言。概言則皆天命之性也；
> 分言則必喜怒哀樂更無妄發，或感而發又無踰節，方始是
> 中。四者或過，雖亦平常之人，而中體未免傷而不和矣。細
> 細看來，吾人情性俱是天命，庸則言其平平遍滿、常常具在
> 也。[92]

也就是以上「吾人情性俱是天命」的「情性」，其「性」乃與意識
底層的「未發之中」、「赤子之心」習習相關，乃為「天命之性」。
這樣來自意識底層的「情性」，是「人情之極公，而無毫髮之或私」
[93]，其是不同於一般「情欲」的[94]。

---

92 《近溪子集‧卷射》，頁107~108。
93 《近溪子集‧卷數》，頁215。
94 關於羅近溪的「情性」與「情欲」之別，可參見拙著，〈羅近溪觀念中的「情性」與「情欲」之區別〉，《哲學與文化》第38卷第6期，頁141~158。

　　如前文所述，近溪所闡明的「情」觀念對李贄講「真情」觀念
有所影響。透過以上羅近溪「情性」與「情欲」觀念之別的探討，
當可清楚看出李贄所謂「蓋聲色之來，發於情性，由乎自然」的「情
性」之「性」，實為前文所述的與「童心」相關的名詞－「性之德」
的「性」。此「童心」「性之德」所發用之情，因是來自意識底層的，
所以具自然而然特質，其能自然發於情性，亦能自然止乎禮義，也
就是能將其情性所自然感通的「天理」、「天則」，以道義倫理行為
自然而然地表現，或自然地以作為「天理」象徵的「禮」文樣態呈
現，而無任何人為意識的虛偽與造作。簡言之，「非情性之外復有
禮義可止也」、「非於情性之外復有所謂自然而然」的「情性」，絕
非「情欲」，此當有所分別矣。

　　於此或許有人會問，引文後半段的「性格清徹者音調自然宣暢」
的「性格」，又該如何理解？此一「性格」概念，頗近於所謂「氣
質之性」，而非「童心」的「天命之性」。我們又如何能將「情性」
之「性」，解成童心明德之性呢？

　　對此，我們可以用前文曾討論過的羅近溪所認為的「然非氣質
生化，呈露發揮，則五性何從而感通？」[95]－「天命之性－仁義禮
智信－一陽之氣」之所以能感通，乃須憑藉於人身上「氣質之性」
的呈露發揮，做為參考架構來說明。

　　也就是，這裡「性格」的「性」，乃是「童心」明德之性與人
之「氣質之性」的交相融合，所呈現出的「性」；亦可說是，每人
所具有的意識底層的童心明德之氣與每人各各不同的氣質之氣，交

---

[95] 《近溪子集・卷射》，頁87。

相總和而成的「性氣」。

這樣的「性氣」所形成的「格」不同,其音調自有所不同。如性格古怪者,其音調自然奇絕;性格沉鬱者,其音調自然悲酸。這裡的「自然」,實源於引文「性格」之「性」,除了每人先天不同的氣質之性外,更含有具自然而然、天真特質的「童心」之情性。這樣的「性」,能讓每人在不受理性意識制約下,從意識底層率性自然地發出屬於自己特性、也能屬於天籟、天理的音調聲色!

三、手能「吟其心」

> 《白虎通》曰:「琴者禁也。禁人邪惡,歸於正道,故謂之琴。」余謂琴者心也,琴者吟也,所以吟其心也。人知口之吟,不知手之吟;知口之有聲,而不知手亦有聲也。如風撼樹,但見樹鳴,謂樹不鳴不可也,謂樹能鳴亦不可。此可以知手之有聲矣。聽者指謂琴聲,是猶指樹鳴也,不亦泥歟![96]

> 心殊則手殊,手殊則聲殊,何莫非自然者,而謂手不能二聲可乎?[97]

以上引文表達了李贄相當重要的音樂觀念,也表現了李贄的身體觀。也就是,上述引文核心概念乃為「心一手一聲」三者之間是聲

96　《焚書·琴賦》,頁 204。
97　《焚書·琴賦》,頁 205。

氣相通的，一切的琴聲均出自彈者的「心」。如果說李贄的文藝主
張有其一定的關連性，那麼這裡的「心」當指「童心」。而這裡的
「人知口之吟，不知手之吟；知口之有聲，而不知手亦有聲也」的
「手」，便是「童心」明德之氣從意識底層翻轉上升於體內流通，
使得「手」含有童心之氣的「手」。這樣的「手」就如「口」一樣，
因含有心氣，而能吟出「心」所感通與想要傳達的音調琴聲。所以
說「手」能「吟其心」，也能發出琴聲，且因「手」所含有的「童
心」之氣，具自然而然的特質，所以手發出琴聲，亦是在自然而然
狀態下所發出的。

其實，對於音樂，李贄確實相當重視其與「心」的連結。如同
樣是論及音樂的《征途與共後語》一文中，對於歷史上伯牙學琴的
傳說，李贄進行了詳細地分析。他指出：

> 夫伯牙於成連，可謂得師矣，按圖指授，可謂有譜有法，有
> 古有今矣。伯牙何以終不得也？且使成連而果以圖譜碩師為
> 必不可已，則宜窮日夜以教之操，何可移之海濱無人之境，
> 寂寞不見之地，直與世之曠者等，則又烏用成連先生為也？
> 此道又何與於海，而必之於海然後可得也？尤足怪矣！蓋成
> 連有成連之音，雖成連不能授之於弟子；伯牙有伯牙之音，
> 雖伯牙不能必得之於成連。所謂音在於是，偶觸而即得者，
> 不可以學人為也。曠者唯未嘗學，故觸之即契；伯牙唯學，
> 故至於無所觸而後為妙也。設伯牙不至於海，設至海而成連
> 先生猶與之偕，亦終不能得矣。唯至於絕海之濱，空洞之野，
> 渺無人跡，而後向之圖譜無存，指授無所，碩師無見，凡昔

　　之一切可得而傳者，今皆不可復得矣，故乃自得之也。此其
　　道蓋出于絲桐之表，指授之外者，而又烏用成連先生為耶？
　　然則學道者可知矣。[98]

伯牙有成連這樣的老師，成連先生也盡力傳授琴藝給他，而伯牙仍
學無所得。只有伯牙獨自去到海濱體驗生活，在沒有成連的指導，
周圍空無一人的情況下，伯牙才會真正學有所得。這是為什麼呢？
李贄透過伯牙學琴故事，想傳達什麼意涵呢？

　　其實，若從「童心」之「氣」概念角度視之，可知即使伯牙向
成連學琴有所得，恐也只能成為音樂界的「畫工」而已。也就是伯
牙學習所得，僅能得到人為上的技巧或雕琢。只有到了寂天寞地的
海角天涯，不得不放下一切人為傳授的技藝，在充滿著天機生意的
大自然元氣召喚中，意識底層的「童心」之氣，才能真正於身體內
暢遍四肢，而對於人人所企及的琴藝最高境界－道，才能真正有所
感通與體悟，音樂上的「化工」之作，也才能在此中自然而然地出
現。簡言之，就如引文中的「此其道蓋出于絲桐之表，指授之外者，
而又烏用成連先生為耶」，在李贄觀念中，琴藝與文章所追求的最
高境界－道，均非人力上技巧的傳授即可達到，而是必須靠「心」
在完全沒有任何人為意識的刻意造作下，其意識底層所含之氣自然
感通之，冥契之，進而真正學有所得矣。

---

[98]　《焚書·征途與共後語》，頁138。

第四章　從羅近溪「一陽之氣」
到湯顯祖文藝思想

第一節　羅近溪與湯顯祖氣論思想的傳承

　　關於羅近溪與湯顯祖之間深厚的思想關係，本書於導論中已有
詳述，於茲不贅。本文於此將從湯氏所撰的相關思想文獻，證明湯
顯祖相當程度地繼承了羅近溪的氣論思想。如：

> 天命之成為性，繼之者善也。顯諸仁，藏諸用，於用處密藏，
> 於仁中顯露。仁如果仁，顯諸仁，所謂「復其見天地之心」、
> 「生生之謂易」也。不生不易。天地神氣，日夜無隙。吾與
> 有生，俱在浩然之內。[1]

上文所述，可知湯氏宇宙觀是「天地神氣」日夜無隙地創生，而此
「氣」落實於吾與有生之物中，便為「天命之性」，或謂之「仁」、
「天地之心」。這裡的「神氣」，當指前文所探討的羅近溪的「一陽
之氣」。也就是吾與有生萬物俱在「神氣－一陽之氣」當中，吾人

---

[1] 〈明復說〉，頁 1226。

與其他萬物不同之處，只在於下文所述：

> 1.秀才之才何以秀也。秀者靈之所為。故天生人至靈也。孟子曰：「以為未嘗有才者，豈人之性也哉。不能盡其才者也。」故性之才為才也。盡其才則日新。心含靈粹，而英華外粲。行則有度，言則有音。易所謂黃中以通其理，是也。才而為秀，世實需才，正需於此。[2]

> 2.久之有省。知生之為性是也，非食色性也之生。[3]

有別於魏晉南北朝天生氣質命定的才性說，在上述引文第一則中，湯顯祖以孟子所謂「以為未嘗有才者，豈人之性也哉。不能盡其才者也」的獨特視角，將「才」「性」，詮釋成「天生人至靈」、「心含靈粹」的「靈秀之氣」所形成的「才」、「性」。此「才」、「性」能日新又新，以此形諸於外，言行能聲色有光彩。而此「才」「性」內容究竟為何？湯顯祖於〈秀才說〉未明言，僅在於該文後半段的「久之有省，知生之為性是也，非食色性也之生」（如引文第二則），指示此「才」「性」當與羅近溪「生之為性」的性命之學有關。

　　也就是，羅近溪「生之為性」的「生」觀念，乃如其所說：「天地之大德曰生，夫盈天地間只一個大生，則渾然亦只是一個仁矣」

---

[2] 〈秀才說〉，頁1228。

[3] 〈秀才說〉，頁1228。

[4]的「生」，其除了「創生」義，還蘊含著「生生」、「生機」義。人藉由「一陽靈秀之氣」，也就是「天命之性－仁義禮智」尤其是「仁性」，可與「生生之道」保持相貫通，其生命可如春天般地開展出無盡的生機與意義。因此人之「一陽靈秀之氣－天命之性－仁義禮智」又可稱之為「生之為性」。而湯顯祖所謂「才」「性」內容[5]，當與羅近溪的「一陽靈秀之氣－仁義禮智－生之為性」有關。

因此從下文可看出，湯氏對於「仁性」內涵與神妙之處的觀點，與羅近溪如出一轍：

1. 性之感通極變，自成文理，耳目等用是也。[6]

2. 人之生也，本於靜矣。仁者惟靜，則得其生生不死之機，道亦有以長裕之也。命之元也，立於靜矣。仁者惟靜，則接其元元不息之妙，世亦不得而交喪之也。……而靜者之形適矣。形固神之所真宅在也，而適則實，實則可以載神氣以順天行，而與之為無窮。……而靜者之心妙矣。心固形之所為真君者也，而妙則虛，虛則可以攝流形以御變氣，而無之為無極。[7]

4　《近溪子集·卷射》，頁92

5　如前文已指出的，湯顯祖曾說過：「質青，仁也；耿介，義也； 聽察先聞，智也；五章，禮也。有此四德者，可為世儀。」（〈送吳侯本如內徵歸宴世儀堂碑〉，頁1208。）

6　〈明復說〉，頁1226。

7　〈仁者壽〉，頁1576。

「性之感通極變」之「性」，於〈明復說〉當指「天命之成為性，繼之者善也。顯諸仁，藏諸用」之「仁」[8]。受羅近溪思想潤澤，湯氏亦將「仁性」作用詮解為「感通」，且該「仁性」可將所感通之天理，自然而然地變化成文理。再者，就如引文第二則所意指的，有此修養之仁者，可得「生生不死之機」。更神妙的是，其「形適」可以「載神氣以順天行」、「而與之為無窮」；其「心妙」，「妙則虛」，「虛則可以攝流形以御變氣」，「而無之為無極」。也就是，此一「靈秀之氣」所形構的「仁性」，可生生不息，甚至上下天地，感通於無窮無極之道境。這再度證明了所謂的「仁義禮智」等雖名為「性」，其實為「氣」所構成，只是其為天地最靈秀之氣，而可與「道」相聯繫、相接通矣。

正因有感於往昔恩師所授業之「仁性」，可使人處於天人相通的道之世界中，因此對於昔日沾染世習，湯顯祖有最深的懺悔，甚至於夜中不能安枕。他如此描寫著：

> 十三歲時從明德羅先生遊。血氣未定，讀非聖之書。所遊四方，輒交其氣義之士，蹈屬靡衍，幾失其性。中途復見明德先生，嘆而問曰：「子與天下士日泮渙悲歌，意何為者，究竟於性命何如，何時何了？」夜思此言，不能安枕。[9]

8　〈明復說〉，頁 1226。
9　〈秀才說〉，頁 1228。

短短幾句懺悔文書寫，簡直就是羅近溪「曉夜皇皇，如饑荸想食，凍露索衣，悲悲切切，於欲轉難轉之間，或聽好人半句語言，或見古先一段訓詞時，則懍然有個悟處」等文句之翻版[10]，足見羅近溪對湯顯祖思想影響之深切。

　　有感於前時「昧於生理，狎侮甚多」[11]，湯顯祖開設「貴生」書院，同時也撰〈貴生書院說〉一文闡發其貴生思想，並引發當時學官諸弟子「爭先北面承學焉」：

> 義仍所繇重海內，不獨以才；於是學官諸弟子爭先北面承學焉，義仍為之抉理譚修，開發款啟，日津津不厭。諸弟子執經問難靡虛日，戶屨常滿，至廨舍隘不能容。……諸弟子業聞義仍貴生之說，有如寐者怳焉覺寤。[12]

湯顯祖於當世的經師形象於此展露無遺，其對「克己復禮」工夫亦在羅近溪「復」的觀念基礎上作闡釋。如：

> 聖人于顏氏子問仁，告之曰：「克己復禮為仁。」此亦顯仁藏用之說。至視聽言動皆復，天下之事畢矣。[13]

---

[10] 《近溪子集·卷樂》，頁 37。

[11] 〈貴生書院說〉，頁 1225。

[12] 劉應秋，〈徐聞縣貴生書院記〉，《湯顯祖研究資料彙編上冊》（上海：上海古籍出版社，1986），頁 99~101。

[13] 〈顧涇凡小辨軒記〉，頁 1167。

> 知乾知復，隨百物而通天。[14]

湯顯祖於此將「克己復禮為仁」與「顯仁藏用」之說連結並觀，以為透過「克己復禮」工夫實踐，便能讓天地神氣－「仁」顯發流通於身體內。也就是能讓仁之「靈氣」、「秀氣」顯通於視聽言動，甚至能感通天下之事。如引文第二則的「知乾知復，隨百物而通天」，便道出「復」與「通天」效應的關連。

　　以上種種，可看出湯顯祖氣論及其衍生的「復」工夫論思想，大致不脫羅近溪思想的軌道路徑。就承接於羅近溪氣論思想上，湯顯祖的理解與闡揚，絕對是無愧於師門的。如湯顯祖從孫湯秀琦在〈玉茗堂全集序〉中曾說：

> 公少時學道於旴江羅明德先生，有得於性命之旨。[15]

綜合湯顯祖對羅近溪氣論思想的繼承，本文所得出的湯氏氣論思想如下：湯顯祖一方面肯定羅近溪的「生之為性」，以為吾人與有生之物，俱在天地之「神氣」、仁氣中，惟人因是最精最靈之「神氣」所形構而成的，所以具有其他萬物所沒有的「靈秀之氣」－「秀才之性」，也就是所謂的「仁義禮智」或「生之為性」，尤其以可感通天地萬物的「靈秀之氣」－「仁性」為代表。再者，湯顯祖對如何將此「靈秀之氣」－「生之為性」發揮作用，亦繼承了羅近溪的「復」

14　〈吾十有五全章〉，頁 1566。
15　〈玉茗堂全集序〉，頁 1688。

工夫論，以為視聽言動皆能因「復」工夫，而使仁心「神氣」於身體內顯發流通，甚至感通於無窮無極之道境。

　　既然就學術思想文獻來說，湯氏氣論思想大抵繼承了羅近溪「一陽之氣」的思想。那在本章第二節將討論的是，在湯氏文藝思想中有關「氣」的論述，其值得掘發的深層面相，能否在羅近溪「一陽之氣」思想做為參考架構下，從潛伏秘流狀態帶到外顯的層次上來？

第二節　從羅近溪「一陽之氣」看湯顯祖文藝思想的「氣」論

一、「養氣」說

　　養氣有二。子曰：「智者動，仁者靜；仁者樂山，而智者樂水。」故有以靜養氣者，規規環室之中，回回寸管之內，如所云胎息踵息云者，此其人心深而思完，機寂而轉，發為文章，如山嶽之凝正，雖川流必溶湞也，故曰仁者之見；有以動養其氣者，泠泠物化之間，矗矗事業之際，所謂鼓之舞之云者，此其人心鍊而思精，機照而寂，發為文章，如水波之淵沛，雖山立必陂陁也，故曰智者之見。二者皆足以吐納性情，通極天下之變。下此，百姓文章耳。[16]

---

[16] 〈朱懋忠制義敘〉，頁 1129~1130。

以上引文大意乃在指出，仁者透過以靜樂山、智者透過以動樂水等「養氣」方式，雖然其「發為文章」的風格有所不同，一個如「山嶽之凝正」，一個如「水波之淵沛」，但其所吐納出的「性情」，都足以通極天下之變，而成就不同於凡俗的文章。

本文以為，這裡所養的「氣」，當指流行於宇宙山水之間的「一陽之氣」。也就是，如前所述的，「仁——一陽之氣」總貫徹在宇宙萬物間，而為萬物的「天命之性」。人藉由充盈著生機活潑「一陽之氣」的山水，讓身體養足此「氣」後，於創作之際，可透過「吐納」之術，讓其從意識底層翻轉上升，如此來自意識深層處所抒發的「性情」，能寫出不同於世俗百姓以耳目口體之欲，所做出的凡俗文章。

至於何以同樣養足「一陽之氣」，仁者與智者「發為文章」的風格卻有所不同？本文以為，這就如前文所論及的「天命之性」與「氣質之性」關係一樣，「仁者」因其生命氣質特色是「人心深而思完，機寂而轉」，所以由此「氣質之性」的「氣」，加上「天命之性」的「一陽之氣」所發為文章的風格，便是「如山嶽之凝正」；至於「智者」生命特質是「人心鍊而思精，機照而寂」，所以由此「氣質之性」的「氣」，加上「天命之性」的「一陽之氣」所發為文章的風格，便是「如水波之淵沛」。儘管有風格上的不同，「仁者」與「智者」均因能吐納出來自意識底層的「天命之性－一陽之氣」所發用的「情」，故能表現出有別於凡俗文章「俗情」的「性情」[17]。

---

[17] 關於引文的「吐納性情」說，下文論及湯氏文藝思想的「情」論時，亦將有所闡釋。

二、「自然靈氣」說

湯氏是晚明文藝思想——「靈氣」的提倡者，如其於〈合奇序〉一文闡述：

> 予謂文章之妙不在步趨形似之間。自然靈氣，恍惚而來，不思而至。怪怪奇奇，莫可名狀。非物尋常得以合之。蘇子瞻畫枯株竹石，絕異古今畫格。乃愈奇妙。若以畫格程之，幾不入格。米家山水人物，不多用意。略施數筆，形像宛然。正使有意為之，亦復不佳。故夫筆墨小技，可以入神而證聖。自非通人，誰與解此。吾鄉丘毛伯選海內合奇文止百餘篇。奇無所不合。或片紙短幅，寸人豆馬；或長河巨浪，洶洶崩屋；或流水孤村，寒鴉古木；或嵐煙草樹，蒼狗白衣；或彝鼎商周，丘索墳典。凡天地間奇偉靈異高朗古宕之氣，猶及見於斯編。神矣化矣。夫使筆墨不靈，聖賢減色，皆浮沉習氣為之魔。士有志於千秋，寧為狂狷，毋為鄉愿。[18]

上述引文大意乃在指出，是「自然靈氣，恍惚而來，不思而至。怪怪奇奇，莫可名狀」創作出好文章，而非創作時的「步趨形似」；就像蘇軾與米家父子的繪畫，均是在無意為之當中，畫出佳作來。這樣的文章創作或繪畫雖是筆墨小技，卻能在佳作出現的同時，也能讓作者本身「入神而證聖」。湯顯祖以為，要使筆墨小技具此「自

---

18 〈合奇序〉，頁 1138。

然靈氣」，以在創作中「證得聖賢人格」，就是要排除在世俗間的浮沉習氣。

於此本文要問的是，文章創作之際，湯顯祖所謂「恍惚而來，不思而至。怪怪奇奇，莫可名狀」的「自然靈氣」究竟從何而來？何以其只有在無意為之中，才能創造出佳作來？又何以其可使人在創作的同時，也能修得聖賢人格？

透過上述的討論，本文以為，湯顯祖所謂「恍惚而來，不思而至。怪怪奇奇，莫可名狀」的「自然靈氣」，絕非只是一般的創作靈感或靈氣。因為一般的創作靈感或靈氣，無法使人證得聖賢人格，也不必然要排除世俗間的浮沉習氣。但這裡的「自然靈氣」，可使人在創作的同時，也能排除「浮沉習氣之魔」、修得聖賢人格。這便表示，其乃與證得聖賢人格的「性命」之氣習習相關。也就是，如前文所說的，在羅近溪觀念中，若意識深層處的「仁——一陽之氣」，能在體內渾然周旋流行，且其「仁性」可感通天地萬物，與之渾然一體，便能證「聖」。而本文以為，受羅近溪影響的湯氏所謂的「靈氣」，應即為這樣來自意識深層的「仁——一陽之氣」，所以才能使人當筆墨手足具此「靈氣」時，「入神而證聖」－進入「神」的意識深層狀態，全身充盈著「神氣」－「靈秀之氣－一陽之氣－仁義禮智」，而證得聖賢人格。同時，如前所述的，來自意識深層的「仁——一陽之氣」，具有不受人為思慮造作的自然特性。這裡所謂「自然靈氣」，正因是來自意識深層的「仁——一陽之氣」，所以其只有在不經人為思慮刻意安排的無意當中，才能創造出佳作來。由此我們便不難理解，何以湯顯祖會於〈張元長噓雲軒文字序〉一文闡述：

天下大致，十人中三四有靈性。能為伎巧文章，竟伯什人乃至千人無名能為者。則乃其性少靈者與？老師云，性近而習遠。今之為士者，習為試墨之文，久之，無往而非墨也。猶為詞臣者習為試程，久之，無往而非程也。……嗟，誰謂文無體耶。觀物之動者，自龍至極微，莫不有體。文之大小類是。獨有靈性者自為龍耳。[19]

引文最後一行「獨有靈性者自為龍」的「靈性」，當指前文探討所得出的，由天地神氣最精、最靈所構成的「仁性」之靈氣。此引文若與前一引文相結合來看，可知其大意指出了，若如拘儒老生一樣滯泥於各種程式之文，其「靈性」之氣，便被壓抑在意識底層，無法流通於耳目手足，其耳目便未能多所聞見地接引天地間「奇偉靈異、高朗古宕之氣」，或感通「恍惚而來，不思而至。怪怪奇奇，莫可名狀」的「自然靈氣」，如此將導致手足「筆墨不靈」，而無法做出像聖賢一樣志於千秋之流傳文章。反之，若能如蘇子瞻、米芾等「通人」一樣，以「靈性」感通天地靈氣，即使是「筆墨小技」，一樣可以「入神而證聖」。

三、「憤積決裂」說

以上種種，可看出湯顯祖文藝思想的「氣」論，大致上能以羅

---

[19] 〈張元長噓雲軒文字序〉，頁 1139。

近溪的「一陽之氣」思想作為詮釋參考架構，來進行理解。只是從以下引文，本文也發現，湯顯祖在文藝思想上對「氣」的論述，亦有其獨特的看法：

> 天下文章所以有生氣者，全在奇士。士奇則心靈，心靈則能飛動，能飛動則下上天地，來去古今，可以屈伸長短生滅如意，如意則可以無所不如。彼言天地古今之義而不能皆如者，不能自如其意者也。不能如意者，意有所滯，常人也。蛾，伏也。伏而飛焉，可以無所不至。當其蠕蠕時，不知其能至此極也。是故善畫者觀猛士劍舞，善書者觀擔夫爭道，善琴者聽淋雨崩山。彼其意誠欲憤積決裂，挐戾關接，盡其意勢之所必極，以開發於一時。耳目不可及而怪也。[20]

這段引文原本在形容湯顯祖同鄉丘毛伯的文章，因其心「靈」，故能在文章的用詞上，有令人驚嘆的表現。這當中的「憤積決裂」說，因顯示了湯顯祖在文藝思想上「氣」論一個相當特殊的面向，所以值得於此特別提出討論。

以上引文一開始，指出要寫出「有生氣」的文章，其「心」需「靈」，才能飛動，能飛動則能「下上天地，來去古今」。只是，於引文之後文，湯顯祖指出了，要讓「心」能「靈」，其所接觸的山水，竟是淋雨崩山等令「耳目不可及而怪」的大自然景象。如「是故善畫者觀猛士劍舞，善書者觀擔夫爭道，善琴者聽淋雨崩山。彼

---

[20] 〈序丘毛伯稿〉，頁 1141。

其意誠欲憤積決裂，挈戾關接，盡其意勢之所必極，以開發於一時，耳目不可及而怪也」精緻細微地闡明，一個文士要寫出「有生氣」之文章，其耳目需先靜觀靜聽的山川人物幽奇之事，特別要像「猛士劍舞，擔夫爭道，淋雨崩山」那樣「彼其意誠欲憤積決裂，挈戾關接，盡其意勢之所必極，以開發於一時，耳目不可及而怪也」的怪事，這究竟是為什麼呢？為何耳目要先觀看擔夫爭道那樣的相爭相鬥，傾聽淋雨崩山那樣澎湃崩解之極端氣勢呢？

　　於此，本文以為，此很可能與湯顯祖受道教《陰符經》思想影響有關[21]。

　　《陰符經》向來被視為重要的道教經典，其雖僅三百餘字，卻因深奧玄妙，被歷代思想家、學者所重視，歷代注本高達百餘多種。如宋代大儒朱熹就曾化名崆峒道士鄒訢以作註，並撰有〈陰符經考異〉。而出身於道教家庭、在劇作和詩文洋溢著濃厚道教情感的湯

---

[21] 在文獻論證上，筆者認為，湯氏〈序丘毛伯稿〉的「憤積決裂」極端氣勢之概念，很可能受到《陰符經》影響。主要是因為，筆者發現，湯氏在〈序丘毛伯稿〉中，提到天下文章所以有「生氣」者，全在「奇士」。而構成「奇士」的主因是「彼其意誠欲憤積決裂，挈戾關接，盡其意勢之所必極，以開發於一時。耳目不可及而怪也。」也就是，「生氣」文章乃得於作者「憤積決裂」澎湃崩解之極端氣勢。而湯顯祖在〈陰符經解〉一文，亦提到「是故天性之人，迅風烈雷，大發殺機，以開生氣」。也就是要「開生氣」，需經歷「迅風烈雷，大發殺機」崩解死亡式的氣勢過程。筆者以為，湯氏〈序丘毛伯稿〉與〈陰符經解〉一文中的「生氣」說，應具有內在的關連性。也就是，就信奉道教的湯顯祖而言，構成「生氣」文章的「憤積決裂」說，與〈陰符經解〉一文「以開生氣」之前，需歷經「迅風烈雷，大發殺機」過程，應具有同樣理路的思考。本書對此將進行說明，至於如何再細緻深化，將需日後進行更精密的探究。

顯祖[22]，對於此部經典亦曾深思諦視過，並撰有〈陰符經解〉一文，為後人留下管窺其「氣」論的重要窗口。

關於《陰符經》，不同於多數註本依經典章句之注述模式，湯顯祖獨立撰述〈陰符經解〉一文，不過該文的意義詮釋，仍依經典文本脈絡進行，並在語脈推衍闡釋中，接受《陰符經》「天生天殺，道之理也」、「生者死之根，死者生之根。恩生於害，害生於恩」等義理思想，如《陰符經》說道：

> 天發殺機，移星易宿；地發殺機，龍蛇起陸。[23]

首先，我們需注意的是，這裡的「殺機」之「殺」，乃相對於「生」而言，其意就如蕭登福先生所說的：「天以陽氣，以春夏生物；以陰氣，以秋冬殺物。生、殺，成為天地的主要功能。」[24]如湯顯祖說道：

> 天道陰陽五行，施行於天，有相變相勝之氣，自然而相於生。生而相於殺，生為恩，殺為害。害為賊。[25]

---

[22] 關於湯顯祖與道教關係之密切，可詳參大陸學者朱宇炎，〈道教對湯顯祖生平和創作的影響〉，《中國道教》第 3 期，1995 年。

[23] 《正統道藏第 4 冊·洞真部玉訣類餘字號》（台北：新文豐出版公司，1988），頁 142。

[24] 蕭登福，《黃帝陰符經今註今譯·自序》（台北：文津出版社，1996），頁 2。

[25] 〈陰符經解〉，頁 1271。

也就是，天以春夏陽氣生萬物，此現象名之為「恩」；以秋冬陰氣殺萬物，名之為「害」，此時的陰陽五行之氣乃處於相殺相剋中，此相剋之五行之氣便名之為「五賊」。《陰符經》以「天發殺機，移星易宿；地發殺機，龍蛇起陸」表示，當天地於秋冬大行殺機，陰陽五行之氣彼此相剋制相生殺之際，日月星宿為之移轉易動，蟄伏潛藏的龍蛇為之出洞起陸。就在天地一片陰寒肅殺中，湯顯祖如此說道：

> 天地殺機，即其生機。[26]

天地大發殺機的萬物歸終之象，湯顯祖以「即其生機」詮解。此五行相剋相殺的死寂之象，即為天地帶來生機。這若置於繼承羅近溪思想脈絡來看，則知不同於羅近溪專以春天生機氣象來論其「仁」「生」「一陽之氣」天地生機氣息，湯顯祖於此肯定了天地相剋殺的正面價值，以為與春天的生意氣象相較，秋冬的殺機死寂之象，顯得更為本質與必要。因為只有大地萬物相剋相殺，一切生命歸於死寂，才有生機生氣的來臨與可能。既然天地殺機中自有生機生成，那作為天地人三才的人呢？《陰符經》說道：

> 人發殺機，天地反覆；天人合發，萬化定基。[27]

---

[26] 〈陰符經解〉，頁 1271。

[27] 《正統道藏第 4 冊·洞真部玉訣類餘字號》（台北：新文豐出版公司，1988），頁 142。

既然「天發殺機，移星易宿；地發殺機，龍蛇起陸」，而「人發殺機」，人若掌握陰陽五行之氣相剋殺，便足以使「天地反覆」，整個世界為之翻轉變化。對於此句義理，湯顯祖的解釋是：

> 是故天性之人，迅風烈雷，大發殺機，以開生氣。百骸萬化，鼓動欣然，所謂害氣生恩，美哉樂哉。樂則似其性中有餘。[28]

以上「天性之人」的「天性」，即湯顯祖〈陰符經解〉「天機者，天性也。天性者，人心也」的「天機」。也就是，湯顯祖將《陰符經》所謂「天性，人也；人心，機也」的「天性」，與其所謂的「中庸者，天機也，仁也」的「天機」相勾連[29]，直指《陰符經》「天性」即「天機」或「仁心」，認為此天機仁性之人要「以開生氣」，便需經「迅風烈雷，大發殺機」的歷程。

這裡所謂的「迅風烈雷」，在《陰符經》中原意如下：

> 天之無恩而大恩生，迅雷烈風，莫不蠢然。[30]

也就是，天之無恩殺物，雖迅雷烈風，萬物為之蠢動，卻開出生萬

---

[28] 〈陰符經解〉，頁 1272。

[29] 〈太平山房集選序〉，頁 1097。

[30] 《正統道藏第 4 冊·洞真部玉訣類餘字號》（台北：新文豐出版公司，1988），頁 144。

物的大恩惠。而湯顯祖的「是故天性之人，迅風烈雷，大發殺機，以開生氣。百骸萬化，鼓動欣然，所謂害氣生恩」，則指人要開出「生氣」，則需經像天之無恩，迅雷烈風，大發殺機一樣，身體內需經迅雷烈風、大發殺機般的大震撼，讓陰陽五行之氣俱在體內相互剋殺而死亡，如此百骸才能因經歷死亡式劇烈萬化，而鼓動震盪、生機欣然。

也就是身體百骸各部位，俱能因歷經千折萬化、玉石俱焚的大震撼、大死亡，而如獲新生般的鼓動欣然。如所謂「害氣生恩，美哉樂哉」的「害氣」，便是「生而相於殺，生為恩，殺為害」的五行相互剋殺的「害氣」，只有「害氣」才能開出「生生之氣」的恩惠，而此「害氣生恩」境界，便是湯顯祖所認為的「美哉樂哉」境界。

總之，藉由〈序丘毛伯稿〉「氣」論之探究，本文推測出湯顯祖很可能是受到《陰符經》的影響，主張從事文藝創作之文士，耳目感官要先觀擔夫爭道那樣的相爭相鬥，聽淋雨崩山那樣澎湃崩解之極端氣勢，讓身體受此強烈巨大的震撼，以啟動意識深層處的仁性「靈氣」翻轉上升，讓仁性「靈氣」能來往天地古今，感通天地古今之義，以寫出不同於凡俗的「有生氣」之文章。如此強調文藝創作的文士，在開出意識底層的仁性「靈氣」「生氣」之前，其耳目身體感官，需受到強大激烈的氣的震撼，這無疑地不同於羅近溪強調「一陽之氣」之發用，總呈現一團「和氣」的狀態；也揭顯了湯顯祖在文藝思想上「氣」論，不同於羅近溪「一陽之氣」思想的獨特見解。

第三節 從羅近溪「情」論思想看湯顯祖文藝思想的「情」論

目前有關於湯顯祖的研究，學界多著眼其《牡丹亭》及相關的「情至」文學思想，同時往往將此「情至」觀念看成是「肯定情欲」、「反禮教」、「浪漫主義」、「個人主體性張揚」的晚明文學思潮典型。如左東嶺先生就提到：

> 在廣大學者的論述文字中，均將湯顯祖的言情說視為反理學，反禮教甚至反封建的思想主張。[31]

然值得注意的是，凡閱讀過湯顯祖相關著作文獻，均隱然可以看到，湯顯祖對理想文章中「情」的看法，亦足以從事專門主題研究。如「性情」[32]、「智骨」、「深情」[33]、「神情合至」[34]等。同時關於這些「情」的看法，學界多指向其與羅近溪心學關係。如鄧紹基先生在為程芸《湯顯祖與晚明戲曲的嬗變》一書所寫的序中便提到：

---

[31] 左東嶺，《王學與中晚明士人心態》（北京：人民文學出版社，2000），頁 603。

[32] 「吾以為二者莫先乎養氣。養氣有二。子曰：『智者動，仁者靜；仁者樂山，而智者樂水。』……二者皆足以吐納性情，通極天下之變。下此，百姓文章耳。」（〈朱懋忠制義敘〉）

[33] 「道心之人，必具智骨；具智骨者，必有深情。」（〈睡菴文集序〉）

[34] 「世總為情，情生詩歌，而行於神」、「其詩之傳者，神情合至。」（〈耳伯麻姑遊詩序〉）

論者嘗概括湯顯祖有兩個明顯特性：一是深受羅汝芳影響，二是堅守「情真」文學觀。大凡研究湯顯祖的學人都能發現這兩個特性，而這兩者之間的關係，也就是說，湯顯祖「情真」的文學思想與心學思潮存在怎樣的關係，才是論說關鍵。[35]

換言之，如何由羅近溪心學角度去為湯顯祖文藝思想做更深層的詮釋，方是今後研究湯學的真正重點所在。基此，本文研究方法將以前文已論述的羅近溪「一陽之氣」相關之「情」議題作為觀照進路，對湯顯祖文藝思想中的「情」內涵進行深層探索，一方面釐清湯氏與羅近溪「情」觀念的同異之處，另一方面試圖挖掘湯氏「情」觀念更深層豐盈的意涵，以補目前學界對於湯顯祖「情至」思想乃為「肯定情欲」的大論述詮釋中，所可能遮蔽的多元面向。

一、「神情合至」、「吐納性情」

在前一節中，本文曾論及，湯顯祖肯定與繼承羅近溪的「生之為性」，以為吾人與有生之物，俱在天地之「神氣」、仁氣中，因此以下文句「神情合至」的「神」概念，當與此有關：

> 世總為情。情生詩歌，而行於神。天下之聲音笑貌大小生死，

---

[35] 程芸，《湯顯祖與晚明戲曲的嬗變》（北京：中華書局，2006），序頁8。

> 不出乎是。因以憺蕩人意，歡樂舞蹈，悲壯哀感鬼神風雨鳥
> 獸，搖動草木，洞裂金石。其詩之傳者，神情合至，或一至
> 焉；一無所至，而必曰傳者，亦世所不許也。[36]

引文中「情生詩歌，而行於神」、「神情合至」的「神」，若與湯顯
祖的氣化宇宙觀連結來看，可知其實為湯顯祖所謂「天地神氣，日
夜無隙。吾與有生，俱在浩然之內」的「神氣」[37]，且就人而言，
其乃所謂的「天生人至靈」的「仁義禮智」之靈氣，尤其以可感通
天地萬物的「仁性」為代表。湯顯祖於此以為，詩之「情」若能與
此可感通天地萬物的「神氣」（「仁性」）相結合，將可流傳千古。
也就是湯顯祖理想的「詩歌」文章，該「情」需是可感通天地鬼神，
洞裂金石。這樣的「情」，乃來自於人意識深層的「神氣」（「仁性」），
亦即羅近溪所謂的「性情」之「性」。

　　如在前文曾引用的文獻：

> 養氣有二。子曰：「智者動，仁者靜；仁者樂山，而智者樂
> 水。」……二者皆足以吐納性情，通極天下之變。下此，百
> 姓文章耳。[38]

前文已指出，這裡文士「養氣」之「氣」，當指佈滿於宇宙山水間

---

[36] 〈耳伯麻姑遊詩序〉，頁1110。

[37] 〈明復說〉，頁1226。

[38] 〈朱懋忠制義敘〉，頁1129~1130。

的「仁－一陽之氣」；而其所吐納出的「性情」之「性」，當指包括
「仁義禮智」（於此尤指「仁智」之性）的「天命之性」。與羅近溪
的「性情」、文章觀一樣，湯顯祖理想的文章，亦源於由此「仁－
天命之性」所發用之「情」，其是不同於一般百姓耳目口體等感官
意識的膚淺情欲。

二、「智骨」、「深情」

湯顯祖曾說道：

> 中庸者，天機也，仁也。去仁則其智不清，智不清則天機不
> 神。[39]

以上引文所言，湯氏直接以「仁」作為「中庸，天機」代表，且以
為「智之性」乃需以「仁之性」為基礎。而從以下文獻，可看出湯
顯祖對「仁義禮智」性中以「仁性」為基礎的「智性」之情的重視：

> 1. 道心之人，必具智骨；具智骨者，必有深情。[40]

> 2. 道與文新，文隨道真。情智所發，旁薄獨絕，肆入微妙，

---

[39] 〈太平山房集選序〉，頁 1097。
[40] 〈睡菴文集序〉，頁 1074。

有永廢而常存者。[41]

   3.質青，仁也；耿介，義也；聽察先聞，智也；五章，禮也。有此四德者，可為世儀。[42]

引文第一、二則的「道心之人，必具智骨」、「情智所發」的「智」，顯然乃為引文第三則的可「聽察先聞」於道的「智性」。以此「情智」可旁薄獨絕，感於幽微之道妙。如以上所謂「道心之人，必具智骨」的「道心」，應即為前文可感通天地之道的「仁性」，有此「仁性」道心之人，其「智性」能「聽察先聞」於幽微之道，寫出「道與文新，文隨道真」的「有深情」文章。換言之，「具智骨者，必有深情」、「情智所發」的「情」，仍為羅近溪的與「道」相通的「性情」之「情」。該「情」乃源自意識深層的性命處，故為「深情」。

三、「性無善無惡，情有之」

   從以上的「神情合至」、「吐納性情」、「智骨」、「深情」概念探討，可得出湯顯祖文藝思想中的「情」，確實有部分乃繼承了羅近溪的「性情」觀念，其「情」乃來自作家意識深層處的「天命之性」，

---

[41] 同上，頁1075。

[42] 〈送吳侯本如內徵歸宴世儀堂碑〉，頁1208。此則引文因具相當的重要性，因此於本書中再度引用。

故為「深情」，該「情」與「道」相通，可感通天地鬼神，洞裂金石，生生不已地流傳，其當不同於一般百姓耳目口體之情欲。

然值得注意的是，本文從相關文獻中也發現，湯顯祖觀念中的文章之情，尤其是戲劇文學之情，不見得需是作家意識深層的仁性所吐納的喜怒哀樂中節之性情，如：

> 性無善無惡，情有之。因情成夢，因夢成戲。戲有極善極惡，總於伶無與。[43]

這裡的「性無善無惡」之「性」，當指可感通天地人萬物的「仁性」，其是「無善無惡」的，其可感通人情世故或歷史上的「有善有惡」之情，化成戲劇上的「極善極惡」，以「極善極惡」的戲劇之情，感動教化人心。這裡便道出，湯顯祖文藝思想中的「情」，確實有部分不是從作家意識深層處「仁性」所吐納出的性情，而是人世間「有善有惡」情欲之情。同時更值得注意的是，湯顯祖還主張在戲劇上，需將原本情欲之「有善有惡」，化成「極善極惡」的極端激烈之情，這究竟是為什麼呢？

對此，本文以為，湯顯祖強調戲劇在表演過程中，需呈現出一種極端激烈之情，可能與他主張戲劇需使讀者觀眾身體上，受到巨大強烈震撼有相當大的關係。

更詳細來說，湯顯祖曾向朋友表達過其痛苦莫名、悲哀難告的心曲：

---

[43] 〈復甘義麓〉，頁 1464。

　　　詞家四種，里巷兒童之技，人知其樂，不知其悲。[44]

也就是，湯顯祖希望藉由戲曲傳達給人的，不純然只是其結局之
樂，更重要的是這當中所經歷幾近死亡式宛轉曲折之悲情，如湯顯
祖在評論其它戲劇時亦談到：

　　　境界紆迴宛轉，絕處逢生，極盡劇場之妙。[45]

　　　作者精神命脈，全在桂英冥訴幾折，摹寫得九死一生光景，
　　　宛轉激烈。其填詞皆尚真色，所以入人最深，遂令後世之聽
　　　者淚，讀者顰，無情者心動，有情者腸裂。何物情種，具此
　　　傳神手！[46]

從引文的「境界紆迴宛轉，絕處逢生」、「作者精神命脈，全在桂英
冥訴幾折，摹寫得九死一生光景，宛轉激烈」，可知湯顯祖獨鐘於
戲劇的「絕處逢生」、「九死一生」等「宛轉激烈」、震撼人心之情。
湯顯祖以為戲劇上只有這種激烈情感的呈現，才能引起讀者心弦或
身體內五臟六腑劇烈變化、震動到幾乎崩解決裂，如引文「無情者
心動，有情者腸裂」。於此或許有人會問，何以湯顯祖如此強調戲

44　〈答李乃始〉，頁 1411。
45　〈紅梅記總評〉，頁 1656。
46　〈焚香記總評〉，頁 1656。

劇表現過程中的情，需是「宛轉激烈」，以震撼觀眾讀者的心弦與身體呢？

對此，本文以為，此可能與湯顯祖的戲劇教化觀念有關。一般從事湯顯祖研究者均知，湯氏曾以「某與吾師終日共講學，而人不解也。師講性，某講情」[47]表示，他的戲劇之情在啟蒙化育人心上，與羅近溪的書院講學一樣，均具相當殊勝的美教化效果。

但是，若從接受者的素質角度看來，戲劇觀眾的社會階層，恐遠較書院求學者更為中下。也就是書院透過講性命之學，求學者多能因「修身」工夫，而使意識底層的「一陽之氣」流通於身體，達於天道性命相貫通的教化效果。但戲劇的觀眾，因多屬社會中下階層，這當中多的是湯顯祖所謂的「鄙者欲豔，頑者欲靈」的「鄙者」、「頑者」[48]，他們多習於世俗耳目口體之欲，對於修身養性一事往往是不相聞問的，也就是他們往往無法自動自發性透過修身工夫，以轉化自身的習性與氣質。

欲使這些冥頑者的「一陽之氣」，能從意識底層翻轉上升，達於「喜怒哀樂總是一團和氣」的「天下和平」狀態[49]，戲劇創作者

---

[47] 〈批點牡丹亭題詞〉，頁 2595。該句全文是：「張新建相國嘗語湯臨川云：『以君之辯才，握塵而登皋比，何渠出濂洛關閩下？而逗漏於碧簫紅牙隊間，將無為青青子衿所笑！』臨川曰：『某與吾師終日共講學，而人不解也。師講性，某講情。』」戴璉璋先生對此句曾表示：「通過劇場演述人情，與高坐講壇談論天性，其實並無二致，可以殊途同歸。這故事經由陳繼儒轉述，真實性如何不易確定。不過湯氏著作俱在，可供覆按。」（詳參所著，〈湯顯祖與羅汝芳〉，《中國文哲研究通訊》第 16 卷第 4 期，2006 年 12 月，頁 257。）

[48] 〈宜黃縣戲神清源師廟記〉，頁 1188。

[49] 同前註。

就必須藉由戲劇情感的曲折激烈性表現，以震撼觀眾耳目感官乃至整個身體，讓其身體受此巨大震盪，而使得「一陽之氣」能因此撼動而從意識底層翻轉上升，潤澤到身體每一部分，使其身心均回歸於意識深層的「喜怒哀樂總是一團和氣」的狀態，達於「天下和平」之境界！如從下一單元將討論的湯顯祖所著的〈宜黃縣戲神清源師廟記〉對戲劇之情效果的描述，可看得更清楚。

四、〈宜黃縣戲神清源師廟記〉對戲劇之情效果的描述

湯氏在〈宜黃縣戲神清源師廟記〉曾對戲劇之情在觀眾讀者身上所產生的效應，有以下的描述：

> 使天下之人無故而喜，無故而悲。或語或嘿，或鼓或疲；或端冕而聽，或側弁而咍，或閭觀而笑，或市湧而排。乃至貴倨弛傲，貧嗇爭施。瞽者欲玩，聾者欲聽，啞者欲嘆，跛者欲起。無情者可使有情，無聲者可使有聲。寂可使喧，喧可使寂，饑可使飽，醉可使醒，行可以留，臥可以興。鄙者欲艷，頑者欲靈。可以合君臣之節，可以浹父子之恩，可以增長幼之睦，可以動夫婦之歡，可以發賓友之儀，可以釋怨毒之結，可以已愁憤之疾，可以渾庸鄙之好。然則斯道也，孝子以事其親，敬長而娛死；仁人以此奉其尊，享帝而事鬼；老者以此終，少者以此長。外戶可以不閉，嗜欲可以少營。人有此聲，家有此道，疫癘不作，天下和平。豈非以人情之

大寶，為名教之至樂也哉。[50]

根據引文最後所闡述的，戲劇展演最終所產生的感化效應，將使「天下和平」。由此可見，湯氏最終理想境界，乃繼承了羅近溪所認為的，當仁心靈氣流行於身體間，喜怒哀樂之四情，無不中節，總是一團「和氣」，天地萬物亦在此和氣中融為一體。只是當天下觀眾達成此境界之前，其身體感官所接受的衝擊，遠遠超過羅近溪提倡的工夫實踐所帶來的震撼性。

湯顯祖以為，只有觀眾的身體深受戲劇之「情欲」的激烈震盪，才能使「聾者欲玩，聾者欲聽，啞者欲嘆，跛者欲起。無情者可使有情，無聲者可使有聲。寂可使喧，喧可使寂，饑可使飽，醉可使醒，行可以留，臥可以興。鄙者欲艷，頑者欲靈」。也就是讓一切原本身體上麻木不仁者，能因戲劇激烈之情氣的衝擊，而奮然興起。那原本壓抑在意識底層的感通萬物之仁性神氣，也才能在此大震撼之際，開出生氣，而從意識底層升起於體內流通，以使讀者整個身心獲得真正的潤澤教化，而「可以合君臣之節，可以浹父子之恩，可以增長幼之睦，可以動夫婦之歡，可以發賓友之儀，可以釋怨毒之結，可以已愁憒之疾，可以渾庸鄙之好」。也就是，來自意識底層的「一陽之氣」於身體的發用流行，能讓觀眾可以發自意識深層本能地，自然而然從事道義行為，甚至可以讓讀者的怨毒心結在此身體痛感磨難中獲得釋放，讓其原本因情識執著所造成的氣血不通的愁憒之疾，也能因此獲得身體上的療癒。

---

[50] 同前註。

　　更重要的是，在所開出的「仁性」生氣之流行中，「孝子以事其親，敬長而娛死；仁人以此奉其尊，享帝而事鬼；老者以此終，少者以此長。外戶可以不閉，嗜欲可以少營」──一切喜怒哀樂之發用，俱為和氣之流行，其嗜欲情感亦能發而中節地不再有過多營求，最後天下終達和平、名教至樂之境。

　　也就是，湯顯祖曾被友人責備從事創作是「過耽綺語」[51]，使他生出「學佛人作綺語業，當入無間地獄」的怖畏恐懼[52]。但由上討論看來，劇作家若無法寫出宛轉激烈的戲劇之情欲，反而無法度盡苦難眾生，無法讓所有苦難眾生同情共感，並在身體的極端痛感中，啟動深層仁性陽氣之翻轉上升，讓其身體感官受仁性陽氣之潤澤鼓動，而得感通教化。所以湯顯祖最終以「慧業文人，當生天上」[53]表示，編寫戲劇之情的人，應當與佛教諸佛菩薩一樣，具有渡化眾生的效果。

五、《牡丹亭記題詞》的「情之至」

　　以上透過羅近溪的「情」概念，觀照了湯顯祖文藝思想中的「情」，將湯氏理想文章中的「情」，較確切地理出由作家本身意識深層的仁性所吐納的性情，與由作家仁性所感通的人情世故上的有善有惡之情欲二種，並闡明其與羅近溪「情」觀念的同異之處及其

---

[51]　〈答羅匡湖〉，頁 1401。
[52]　〈溪上落花詩題詞〉，頁 1158。
[53]　同前註。

深刻之意涵。

　　詳言之，湯顯祖文藝思想中的「情」，大致上可分成兩種：一種是繼承了羅近溪的「性情」觀念，其「情」乃來自作者意識深層處的天命之性，故為「深情」，該「情」與「道」相通，可感通天地鬼神，洞裂金石，生生不已地流傳，其當不同於一般百姓耳目口體之情欲；另一種則不是從作家意識深層的「仁性」所吐納出的性情，而是人世間「有善有惡」情欲之情。亦即，戲劇作者將其「仁性」在人情世故中所感通的「有善有惡」之情欲，化成戲劇的「極善極惡」、「宛轉激烈」之情。

　　關於湯顯祖撼動古今的戲劇大作－《牡丹亭》，該作品文本中的「情」自然是含有戲劇的「極善極惡」、「宛轉激烈」之情。只是就湯氏而言，其《牡丹亭》最核心的思想旨趣，也就是《牡丹亭記題詞》的「情之至」概念內涵，所要表達的，恐非世間「極善極惡」－與「惡」相對立的「善」之情，而是超越人間善惡二元對立，由「性無善無惡」的「性」所發用的「情」，也就是吾人所理出的湯顯祖文藝思想中的「情」的第一種－繼承羅近溪的「性情」觀念，其「情」乃來自意識深層處的「天命之性」，該「情」與「道」相通，可感通天地鬼神，洞裂金石，生生不已地流傳，其當不同於一般百姓耳目口體之情欲。

　　換言之，湯顯祖所謂「情之至」思想如下：

　　　　如麗娘者，乃可謂之有情人耳。情不知所起，一往而深，
　　　　生者可以死，死可以生。生而不可與死，死而不可復生者，
　　　　皆非情之至也。夢中之情，何必非真，天下豈少夢中之人

耶？[54]

以上引文揭示了所謂「情之至」，有以下三點特色（一）情不知所起，一往而深。（二）生者可以死，死者可以生。（三）夢中之情，何必非真。現在將分別闡述如下，以證明湯顯祖的「情之至」思想，乃為吾人所理出的湯顯祖文藝思想中的「情」的第一種。

（一）情不知所起，一往而深

在前文中，我們曾引用羅近溪所說的：「動容中禮，舞蹈不知，四體不言而喻，纔叫做『黃中通理』，美之至也」[55]，指出羅近溪理想的美的境界，乃是達於「舞蹈不知，四體不言而喻」的「不知」、「不言」－完全超越一般理性認知的意識深層狀態。

而湯顯祖也曾在〈宜黃縣戲神清源師廟記〉中說道：

> 微妙之極，乃至有聞而無聲，目擊而道存。使舞蹈者不知情之所自來，賞嘆者不知神之所自止。……若然者，乃可為清源祖師之弟子。進於道矣。[56]

亦即，「技進於道」的境界，將使舞蹈者身體結構徹底轉化成意識

---

[54] 〈牡丹亭記題詞〉，頁 1153。
[55] 《近溪羅先生一貫編》，頁 353。
[56] 〈宜黃縣戲神清源師廟記〉，頁 1189。

深層狀態，在此境界狀態下，「情」來自何方，舞蹈者是渾然不知的。

湯顯祖認為，《牡丹亭》主人翁－杜麗娘對其所夢者－柳夢梅的「情」，具有「不知所起，一往而深」的特徵。本文以為，此「情」當為意識深層狀態的「情」，更詳細來說，應為來自意識深層狀態之性命－「仁性」所發用的「情」。其原因如下：

一、羅近溪曾說道：

> 蓋人之出世，本由造物之生機，故人之為生，自有天然之樂趣。故曰：仁者人也。[57]

我們看到，湯顯祖在《牡丹亭》第一齣 〈標目〉介紹杜麗娘時，便提到「杜寶黃堂，生麗娘小姐，愛踏春陽」，第十齣〈驚夢〉中杜麗娘亦自稱「我常一生兒愛好是天然」。筆者以為，這裡「愛踏春陽」、「愛好是天然」的「春陽」、「天然」，其實均有「弦外之音」的。其均意指著，單純的杜麗娘，靈秀之「仁性」尚未泯滅，自有存於春陽般生機境界的天生想望。所以當其在夢中牡丹亭與柳夢梅感應相契、雲雨之歡，由此所自然而然發用之「情」，乃來自意識底層的赤子仁性。該「情」便具有「不知所起，一往而深」－超越知覺意識的深層狀態的「不知」與「深情」之特色。

二、羅近溪說道：

---

57 黃宗羲，《明儒學案》（上海，1934 年萬有文庫本），第七冊，頁 2~3。

1. 男女媾精以為胎，果仁沾土而成種，生氣津津，靈機隱隱。[58]

2. 蓋仁是天地生生的大德，而吾人從父母一體而分，亦只是一團生意。[59]

這裡的「男女媾精以為胎」、「吾人從父母一體而分」道出了，吾人「仁」性之種子，乃得之於男女交媾「一體」的狀態。這樣的「一體」狀態，道教內丹之術是相當重視的，如石田秀實從《靈樞》和《胎產書》研究得出：

> 內丹的過程，是在自己的身體內，使男女交媾再現，完成聖胎並育嬰兒的身體，同時將之還原為純粹的陽神，最終的目的是由「作為場域的身體」超脫出去，以這樣的形式，象徵性地記述下來。[60]

由此可知，身體處於男女交媾「一體」狀態，能回復到身心一體、融而未分、純粹陽神流動感通的深層狀態，其就相當於前文曾引用羅近溪觀念中萬物「一體」的狀態——「廓然渾然，以與天地萬物為一體，而莫知誰之所為者。……若銃砲之藥，偶觸星火而轟然雷震乎乾坤矣。至此則七尺之軀，頃刻而同乎天地，一息之氣，倏忽

---

58 《近溪子集・卷樂》，頁 37。
59 《近溪子集・卷禮》，頁 15
60 楊儒賓主編，《中國古代思想中的氣論及身體觀》（台北：巨流圖書公司，1993），頁 192。

而塞乎古今。其餘形骸之念，物欲之私，寧不猶太陽一出而魍魎潛消也哉」[61]。

　　也就是，我們以為，就道教內丹術或信奉道教的湯顯祖而言，他們所重視的男女交媾「一體」，絕非是上述引文最後所言的「形骸之念，物欲之私」，或是《牡丹亭記題詞》說的「形骸之論」[62]，而是近似於羅近溪所認為的萬物「一體」或父母「一體」所形成的「仁－一陽之氣」感通流行狀態。在此「一體」狀態中，人之身心結構徹底轉化成意識深層狀態。在此狀態下，乃完全沒有天地古今之時空限制，所以在此狀態所興發之情，訴說的便是沒有天地古今時空限制的恆久之「至道」、天地之「至情」。

　　更詳細來說，湯顯祖在《牡丹亭》所描述的杜麗娘與柳夢梅雲雨之歡的「情不知所起，一往而深」的「情」，是與「道」相關連的。其就如湯顯祖在〈寄達觀〉一文中，所提到的「情」與「理」之關係：

> 情有者理必無，理有者情必無。真是一刀兩斷語。使我奉教以來，神氣頓王。諦視久之，並理亦無，世界身器，且奈之何。[63]

關於此段大意，潘麗珠先生曾說道：

---

[61] 《近溪子集・卷禮》，頁28。

[62] 「夢中之情，何必非真。天下豈少夢中之人耶。必因薦枕而成親，待掛冠而為密者，皆形骸之論也。」（〈牡丹亭記題詞〉，頁1153。）

[63] 〈寄達觀〉，頁1351。

截然劃分「情」「理」的說法，湯臨川並不同意，所以才有「諦視久之，并理亦無」的話。意即若「情無」，連「理」也一併「無」。[64]

由此可知，湯顯祖理想的「情」，很難視為與「理」、「道」毫無關係。關於類似的文獻例子，其實並不難找。就如前文引用〈宜黃縣戲神清源師廟記〉所說的「微妙之極，乃至有聞而無聲，目擊而道存。使舞蹈者不知情之所自來，賞嘆者不知神之所自止。……若然者，乃可為清源祖師之弟子。進於道矣。」[65]—「技進於道」的境界，仍有「情」的存在，只是此「情」來自「不知」何方的意識深層狀態。又如從以下文獻亦可見得：

情致所極，可以事道，可以忘言。而終有所不可忘者，存乎詩歌序記詞辯之間。固聖賢之所不能遺，而英雄之所不能晦也。[66]

這裡指出「情」的極境，就是「道」的境界，也就是所謂「道情」的境界[67]，在此深層意識狀態中，語言與知覺運動一樣，是可被超

---

[64] 潘麗珠，〈明代曲論中的「情」論探索〉，《國文學報》第 23 期，2004 年 6 月，頁 7。

[65] 〈宜黃縣戲神清源師廟記〉，頁 1189。

[66] 〈調象菴集序〉，頁 1098。

[67] 「道情難逐世情衰，滿目傷心泣向誰？」（〈聞瞿睿夫尚留章門·眷然懷之

越的，只是就像聖賢終究無法完全忘言，其還是以詩化語文－經典
透露他在此境界中所聆聽到的宇宙訊息一樣，湯顯祖也以《牡丹亭》
戲劇的夢的象徵語言，訴說這樣沒有時空限制的恆久之至道、天地
之至情。

（二）生者可以死，死者可以生

　　正由於《牡丹亭》訴說的「情」，乃是恆久之至道、天地之至
情。所以湯氏在《牡丹亭記題詞》說道「情之至」的另一特徵，是
「生者可以死，死者可以生」：

　　　生而不可與死，死而不可復生者，皆非情之至也。

人世間的私欲之情，往往只是一時一地的「經驗性情感」。當時過
境遷後，「經驗性情感」不再具有任何意義。但《牡丹亭》訴說的
「情」，因是緣於男女交媾「一體」狀態，也就是身心一體、融而
未分、純粹陽神、陽氣流動感通的深層狀態，在此狀態下，所興發
之情，訴說的便是沒有天地古今時空限制的天地之至情。其就如聖
賢在身心「廓然渾然，以與天地萬物為一體」－「一陽之氣」充盈
全身狀態下，所發用的「性情」一樣，生生不止息。

（三）夢中之情，何必非真

六首〉，頁709。）

　　杜麗娘在夢中牡丹亭與柳夢梅感應相契、雲雨之歡，所發用之
情，因是來自意識底層的赤子仁性。所以如前所述的，由此「仁－
－陽之氣」、「天命之性」所發用的「性情」，具有不受人為意識造
作的自然而然的「本真」特質，也就是沒有任何知識意識介入，有
的只是超越意識層面的相愛相感通。由此湯顯祖所謂「情之至」具
有的第三個特徵：「夢中之情，何必非真」便不難理解了。

　　於此「夢中之情，何必非真」的「真」，當然可以解作「真實」
意，但其更為深邃的涵意，應就如前文所論及的李贄〈童心說〉的
「真」一樣，指向當身心處於意識深層的性命狀態，其任何動力作
為，均是自然而然，不受一般理性意識控制的。也就是均是「率真」、
「本真」而發，沒有半點虛假的。由此我們乃可說，杜麗娘「夢中
之情」乃是來自意識深層的性命狀態的「本真」之情，其乃超越人
間二元對立的真假層次，而指向「同乎天地」、「塞乎古今」的恆久
至真之情。

第五章　結論

任何從事中國學術研究者均知，經史子集四部分法，最早可溯源於據劉歆〈七略〉而成的班固《漢書‧藝文志》。從《漢書‧藝文志》所初步劃分的「六藝略」、「諸子略」與「詩賦略」等，可隱然意識到「經典」在這些典籍學問中，扮演著母體源頭的角色。而名詞演變成當代「中國哲學」與「古典文學」的「諸子思想」和「詩賦文學」，其實本是同根生，中國哲學、經學與古典文學之間，具有相當深厚的「血濃於水」、「血脈相連」親情關係。

清末民初一大學人－王國維就曾提出：

> 且定美之標準與文學上之原理者，亦唯可於哲學之一分科之
> 美學中求之。[1]

雖然，王氏這句話所指的是，西方文論與美學、哲學之間，構成了相互的理論體系。但在中國文學方面，他仍以為蘊含這樣的關係，如其言：

---

[1] 甘春松、孟彥弘編，〈奏定經學科大學文學科大學章呈書後〉，《王國維學術經典集（上）》（南昌：江西人民出版社，1997），頁158。

文學與哲學之關係，其密切處亦不下於經學。[2]

由此可見，在王國維觀念中，要研究中國文學，必然要研究與之相關的哲學、美學或經學。只是，在近來中文學界分工日益精密下，究竟有怎樣的對話窗口，可讓吾人進窺那個經史子集不分家－「天地之純，古人之大體」的道術未裂的世界呢？

對此，本書選擇了中國思想層次的「氣」此一學術議題，作為融通文學與思想兩領域的一種嘗試。也就是，本書以羅近溪「一陽之氣」思想與李贄、湯顯祖文藝理論關係為題，藉由（一）羅近溪「一陽之氣」思想及其相關議題　（二）從羅近溪「一陽之氣」到李贄的文藝思想（三）從羅近溪「一陽之氣」到湯顯祖的文藝思想三章節研究內容的撰寫，除了希望能確實釐清羅近溪「一陽之氣」與李贄、湯顯祖文論相關意義外，更大的學術目的，乃是為了能開啟「從中國思想之『氣』觀念看古典文論」此一學術面向，以達成古典文論與中國思想相互對話的一種新的嘗試。

然而透過以上三章節的研究書寫，本書最大的學術目的是否達成了呢？此一問題，很難由筆者自身去回答。一切只有靜待時間的洗鍊與學界的評價。

筆者目前所能回答的是，透過羅近溪「一陽之氣」及其相關議題之論述，並以此作為李贄、湯顯祖文藝理論的詮釋參考架構，確實讓吾人看到了文論意涵更為深邃的一面。

詳言之，當本文從羅近溪論「一陽之氣，從地中復」相關文獻

---

[2]　同前註。

之探討，可知羅近溪「一陽之氣」思想及其相關議題之大概如下：

靈明純陽的「仁——陽之氣」乃從天地「太極」湧將出來，並佈滿於宇宙萬物間，而成為萬物所共同含具的「天命之性」；其乃與萬物的價值根源－「道」相貫通，並與「道」一樣，同具生生不息的特質；當其落於人身體中時，乃在近溪所謂「海底紅輪」的「海底」意識底層處，而稱之為人之「赤子良心」。正因「赤子之心」乃在人的深層意識處，所以與「赤子之心」相關的「仁義禮智」等性內涵，均需從深層意識角度理解。也就是其「仁」之感通、「禮」之禮文表現、「智」之耳聰目明、「義」之道義行為，均是發自深層意識自然而然地感通、示現、不慮而知、出自本能地進行孝悌慈行為。這些行為均能在吾人還是與天甚近的赤子時，率性地「本真」、「自然」而發；且此時因「仁——陽之氣」充滿於體內，塵世間的欲念均能無所遁形。無奈當人年紀越長，私欲越多，越來越遠離那可與天道相通的「赤子之心」淵深意識世界。於是為恢復往昔那天人相和之境，羅近溪提倡「復」的「修身」工夫，其主要內容乃如本文探討所得的：身體在一種奉「經典天則」以周旋律動下，讓潛藏於身體最深意識處的「一陽真氣－赤子之心」得以「復以自知」，暢於四肢。當然，如本書所提及的，羅近溪所謂的「工夫」，除了經典實踐外，奇文、雅歌與佳山勝水等，均可讓人涵養心性，讓意識底層的「赤子之心」的「一陽之氣」，能接引天地靈氣生機，身心由此回歸到往昔赤子般意識底層的從容快活狀態。

本文復進一步透過羅近溪「一陽之氣」的思想角度，論述了羅近溪身體觀，揭示了以「心學」為典範者所看不到的面相：當羅近溪所謂的「一陽之氣」，透過身體的「修身」，讓意識底層的「一陽

之氣」流通於整個身體之時，該「氣—身體」在此時的「倏然以自動，奮然以自興」，能使得仁心感通相應天機天理，興發出沒有天地古今時空限制的恆久之至道、天地之至文。羅近溪觀念中的「六經」便是這樣的至文，所以成為其「安身」的歸依。再者，因羅近溪重視讓意識底層的「一陽之氣」充盈全身的四肢學問，所以其理想學問與教育的極境，是達於詩歌、音樂、舞蹈渾融一體，身心完全忘我的意識深層狀態。常在此狀態下的人，能與天地生生不息之氣同流，其原本因情識執著所造成的身體不順，能獲得充分的療癒；且身體感官的生理嗜欲，能因「一陽之氣」的全體流行，而成為天機的外顯。人身上的「氣質之性」，亦因作為「仁—一陽之氣」、「天命之性」呈露發揮的重要管道，而獲得羅近溪充分的肯定。羅近溪凡此種種的「氣—身體」觀念，無非指向著儒家的終極目標—安身立命，並在安身立命中，體證天理流行的宇宙實相！

另外，本書亦藉由羅近溪將「喜怒哀樂」與「一陽之氣，從地中復」相連結的一段話的深入剖析，指出羅近溪理想的「情」乃為：透過「復」工夫主要內容—「修身」實踐，讓「一陽之氣」因身體的實踐律動，而從意識底層處，流行於身體四肢，以接引宇宙生生不息的天機天理，進而化除人為私欲、情識執著。在如此完全沒有任何私欲情境下，所發用的「喜怒哀樂之情」，便無不中節，乃是羅近溪理想的「情」。此「情」中自有「天理」之流行，且此「天理」蘊涵著無法窮盡的深邃意義。再者，此「情」與「一陽之氣」一樣，生生不止息，且能感通天地萬物，與萬物一體。由此「情」所成之文，因是「己身代天工」，「己口代天言」，以禮文或文章示現天理之文，故其文章之作可稱之為天工之作。

　　以上是本書第二章－羅近溪「一陽之氣」思想及其相關議題論述所得之要點。這樣的論述所得，有助於吾人在論文第三章－從羅近溪「一陽之氣」到李贄的文藝思想中，對李贄文論深層意涵進行詳細的闡發與詮釋。

　　也就是，本書第三章透過與羅近溪「赤子之心」息息相關的「一陽之氣」觀念作為參照進路，探測出李贄「童心」的特徵與意涵乃為：「童心」之「氣」流行於天地間，當其落於人身，乃在人的意識底層處而為人之「性命」。該「氣」更詳細內涵包含了「仁義禮智」之性，其具「感通」作用，其情性發用之聲色，能「自然止乎禮義」。當該「氣」從意識底層發用，而於體內流行，將使人具「自然」、「真」等特質。同時，塵世間的欲念均能看淡。該「氣」在人形體化成灰之際，仍可生生不息。

　　本文復進一步以「童心」之「氣」角度，對〈童心說〉一文進行「氣」之意涵詮釋，讓原本就蘊藏在〈童心說〉卻未被察覺的「氣」思想，得以浮顯到學術檯面上來。此外，本文亦對李氏相關文論觀點，投以「氣」的學術眼光，對之做出更豐富的意義詮釋，讓李贄文藝理論的「氣」之思想面貌，更清晰地呈現在我們面前。也就是，本章節在學術上的意義，乃在能透過羅近溪「一陽之氣」觀念作為參照進路，指出就理解李贄文論而言，除了目前學界常採取的反禮教之個人情欲解放與道德主體性兩種角度外，由所謂的意識底層的「氣」角度切入，亦將有助於對李贄文論更豐富哲學美學意涵的挖掘與揭示。

　　再者，以湯顯祖這位明末文學家而言，近代學者多著眼其在戲曲或「情至」文論成就，但現有相關文獻中透顯著，湯氏也是晚明

文藝思想－「靈氣」的提倡者，只是相關研究多未能著力於此論題
上。為彌補此一缺失，本書第四章－從羅近溪「一陽之氣」到湯顯
祖的文藝思想，亦以羅近溪「一陽之氣」觀念為基礎，觀照湯顯祖
的文藝思想中的「氣」論，發現湯氏的「養氣」與「自然靈氣」等
概念，可以用湯顯祖所繼承的羅近溪「一陽之氣」來進行理解與詮
釋。而湯氏文藝思想中「憤積決裂」說的極端氣勢之概念，卻迥異
於羅近溪所認為的「一陽之氣」之發用，總呈現一團和氣的狀態。
本文以為，湯氏有此主張很可能是受到《陰符經》影響，強調文士
在從事文藝創作之前，其耳目身體感官需受到強大激烈的氣的震
撼，以在此大震撼之際，讓仁性靈氣從意識底層處升起，而於體內
流通，以寫出「有生氣」之文章。

　　此外，本文亦以羅近溪「一陽之氣」相關之「情」思想脈絡，
觀照考察湯顯祖文藝思想中的「情」，顯豁其與羅近溪「情」論思
想的關連性及差異性。亦即，湯顯祖文藝思想中的「情」，大致上
可分成兩種：一種是繼承了羅近溪的「性情」觀念，其「情」乃來
自作者意識深層處的「仁－天命之性」，故為「深情」；該「情」與
「道」相通，可生生不已地流傳。另一種則不是從作家意識深層的
「仁性」所吐納出的性情，而是作者「仁性」在人情世故中所感通
的「有善有惡」之情欲。對於後者，湯顯祖主張化成戲劇的「極善
極惡」、「宛轉激烈」之情，讓觀眾讀者整個感官身體，獲得根本性
的解構，使「仁性」靈氣能因此撼動，而從意識底層翻轉上來，流
注到身體每一條血脈，促成身心回歸於「喜怒哀樂總是一團和氣」
的意識深層狀態，達於「天下和平」之極境！以上階段性的詮釋結
論，啟發本文汲取羅近溪相關思想作為詮釋資源，對湯氏《牡丹亭

記題詞》的「情之至」，進行更富有哲思性的剖析論述，這樣文與哲的會通詮釋，既揭顯了一種更精微的面相，也自然撐開湯氏「情至」思想更大的理解視野。我們可以說，本文第四章之論述若有貢獻，乃是透過羅近溪「一陽之氣」觀念的參照，將隱藏在湯顯祖文藝思想底下「氣」與「情」概念的豐富圖像，獲得朗現與注目。

　　盱衡中國學術傳統，古典文論是一門綜合了中國哲學、經學與史學等宏大且多層面的學門領域，所以從羅近溪「一陽之氣」思想的單一視角，自然不能窺探李贄與湯顯祖文藝理論之全部底蘊。雖然如此，由本書闡述看來，它卻可以提供以前視角所未曾觀照到的某些深層面向與意義，為我們探究李贄與湯顯祖文藝思想拓寬更大的視野。也就是，筆者以為，本文選擇了羅近溪「一陽之氣」思想此一學術議題，能達成文學與思想溝通的效果，使李贄與湯顯祖文藝理論中更為深層面向，因此獲得照明，而有進一步理解與詮釋的空間。至於能否因此開啟「從中國思想之『氣』觀念看古典文論」的學術面向，以在「抒情傳統」覆蓋性大論述之外，為古典文論界提出另向的觀照進路，讓中國文學這一條淵源流長的河脈，注入更多活頭源水，以充滿活潑生機，尚祈學界方家與讀者之評說。

徵引與參考書目

一、原典文獻

班固撰，顏師古注，《漢書》，台北：宏業書局，1996。

朱熹，《四書章句集註》，台北：鵝湖出版社，1984。

王陽明，《王陽明全集》，台北：大申書局，1983。

王龍溪，《王龍溪語錄》，台北：廣文書局，2003。

王畿著，吳震編校整理，《王畿集》，南京：鳳凰出版社，2007。

顏鈞，《顏鈞集》，北京：中國社會科學出版社，1996。

羅汝芳著，方祖猷、梁一群等編校整理，《羅汝芳集》，南京：鳳凰出版社，2007。

羅汝芳，《盱江羅近溪先生全集》，台北：中央圖書館善本室，明萬曆四十六浙江劉一焜版本。

羅汝芳，《近溪子明道錄》，收於《續修四庫全書》1127 冊，上海：上海古籍出版社，1995。

羅汝芳，《近溪羅先生一貫編》，收於《續修四庫全書》1126 冊，上海：上海古籍出版社，1995。

羅汝芳，《羅近溪先生明道錄》，台北：廣文書局，1997。

羅汝芳，《盱壇直詮》，台北：廣文書局，1996。

李贄，《焚書／續焚書》，台北：漢京文化事業有限公司，1984。

李贄，《初潭集》，北京：中華書局，2009。

李贄，《藏書》，台北：台灣學生書局，1974。

李贄、劉東星同撰，《明燈道古錄》，台北：中國子學名著集成編印基

金會，1978。

李贄，《李溫陵集》，台北：文史哲出版社，1971。

湯顯祖著，徐朔方箋校，《湯顯祖全集》，北京：北京古籍出版社，1998。

黃宗羲，《明儒學案第七冊》，上海，1934年萬有文庫本。

黃宗羲，《黃宗羲全集第八冊·明儒學案（下）》，台北：里仁書局，1987。

新文豐出版公司編輯部，《正統道藏第4冊》，台北：新文豐出版公司，
　　　1988。

二、現代專著

毛效同編，《湯顯祖研究資料彙編》，上海：上海古籍出版社，1986。

王永健，《湯顯祖與明清傳奇研究》，台北：志一出版社，1995。

王璦玲，《晚明清初戲曲之審美構思與其藝術呈現》，台北：中央研究
　　　院中國文哲研究所，2005。

王璦玲主編，《明清文學與思想中之主體意識與社會—文學篇（上）
　　　（下）》，台北：中央研究院中國文哲研究所，2004。

古清美，《明代理學論文集》，台北：大安出版社，1990。

左東嶺，《王學與中晚明士人心態》，北京：人民文學出版社，2000。

左東嶺，《李贄與晚明文學思潮》，天津：天津人民出版社，1997。

甘春松、孟彥弘編，《王國維學術經典集（上）》，南昌：江西人民出版
　　　社，1997。

牟宗三，《中國哲學十九講》，台北：台灣學生書局，1983。

牟宗三，《心體與性體（一）》，台北：正中書局，1990。

牟宗三，《心體與性體（二）》，台北：正中書局，2002。

牟宗三，《心體與性體（三）》，台北：正中書局，2001。

牟宗三，《宋明儒學的問題與發展》，上海：華東師範大學出版社，2004。

牟宗三，《從陸象山到劉蕺山》，台北：台灣學生書局，2000。

余英時，《宋明理學與政治文化》，台北：允晨文化公司，2004。

吳震,《明代知識界講學活動繫年 1522-1602》,上海:學林出版社,2003。

吳震,《陽明後學研究》,上海:上海人民出版社,2003。

吳震,《羅汝芳評傳》,南京:南京大學出版社,2005。

呂妙芬,《陽明學士人社群—歷史、思想與實踐》,台北:中央研究院
　　近代史研究所,2003。

呂凱,《湯顯祖南柯記考述》,台北:嘉新水泥文基會,1974。

李明輝,《儒家與康德》,台北:聯經,1990。

李明輝譯,康德著,《道德底形上學之基礎》,台北:聯經,1990。

周志文,《晚明學術與知識分子論叢》,台北:大安出版社,1999。

周群,《儒釋道與晚明文學思潮》,上海:上海書店出版社,2000。

林其賢,《李卓吾的佛學與世學》,台北:文津出版社,1992。

徐朔方,《湯顯祖年譜》,北京:中華書局,1958。

徐朔方,《湯顯祖評傳》,南京:南京大學出版社,1993。

徐朔方,《論湯顯祖及其他》,上海:上海古籍出版社,1983 。

秦家懿,《王陽明》,台北:東大圖書公司,1998。

袁光儀,《李卓吾新論》,台北:台北大學出版社,2008。

張淑香,《抒情傳統的省思與探索》,台北:大安出版社,1992。

曹淑娟,《晚明性靈小品研究》,台北:文津出版社,1988。

淡江大學中文系主編,《晚明思潮與社會變動》,台北:弘化學術叢刊,
　　1987。

陳世驤,《陳世驤文存》,台北:志文出版社,1972。

陳平原,《從文人之文到學者之文》,北京:三聯書店,2004。

陳美雪,《湯顯祖的戲曲藝術》,台北:台灣學生書局,1997。

陳美雪,《湯顯祖研究文獻目錄》,台北:台灣學生書局,1997。

彭國翔,《良知學的展開—王龍溪與中晚明的陽明學》,台北:台灣學
　　生書局,2003。

程玉瑛,《晚明被遺忘的思想家–羅汝芳詩文事蹟編年》,台北:廣文
　　書局,1995。

程芸，《湯顯祖與晚明戲曲的嬗變》，北京：中華書局，2006。

華瑋主編，《湯顯祖與牡丹亭》，台北：中央研究院中國文哲研究所，
　　　2005。

楊祖漢，《儒家的心學傳統》，台北：文津出版社，1992。

楊祖漢，《儒學與康德的道德哲學》，台北：文津出版社，1987。

楊儒賓、祝平次編，《儒學的氣論與工夫論》，台北：台大出版中心，
　　　2005。

楊儒賓主編，《中國古代思想中的氣論及身體觀》，台北：巨流圖書公
　　　司，1993。

鄒元江，《湯顯祖新論》，台北：國家出版社，2005。

鄒自振，《湯顯祖綜論》，成都：巴蜀書社，2001。

熊秉真、余安邦合編，《情欲明清─遂欲篇》，台北：麥田出版社，2004。

熊秉真、張壽安合編，《情欲明清─達情篇》，台北：麥田出版社，2004。

劉季倫，《李卓吾》，台北：東大圖書公司，1999。

蔣年豐，《文本與實踐（一）》，台北：桂冠圖書公司，2000。

蔣年豐，《與西洋哲學對話》，台北：桂冠圖書公司，2005。

鄭培凱，《湯顯祖與晚明文化》，台北：允晨文化公司，1995。

蕭登福，《黃帝陰符經今註今譯》，台北：文津出版社，1996。

錢鍾書，《管錐篇第一冊》，北京：中華書局，1979。

鍾彩鈞、楊晉龍主編，《明清文學與思想中之主體意識與社會─學術思
　　　想篇》，台北：中央研究院中國文哲研究所，2004。

龔鵬程，《晚明思潮》，台北：里仁書局，1994。

三、單篇論文

王瑷玲，〈明清傳奇藝術呈現中之「主體性」與「個體性」〉，《明清戲
　　　曲國際研討會論文集》，中央研究院中國文哲研究所籌備處，
　　　1998 年 8 月。

王瓔玲，〈晚明清初戲曲審美意識中情理觀之轉化及其意義〉，《中國文哲研究集刊》第 19 期，2001 年 9 月。

白崢勇，〈談「良知」到「童心」的演化－兼論李贄在明季思想史上的地位〉，《人文研究學報》第 42 卷第 2 期，2008 年 10 月。

朱宇炎，〈道教對湯顯祖生平和創作的影響〉，《中國道教》第 3 期，1995 年。

李慧琪，〈從牟宗三論「破光景」看近溪之工夫論〉，發表於「牟宗三先生與當代儒學」學術研討會，中央大學儒學研究中心，2005。

周志文，〈「童心」、「初心」與「赤子之心」〉，《古典文學》第 15 期，2000 年 9 月。

林久絡，〈羅近溪悟道經驗分析〉，發表於「第十屆儒佛會通暨文化哲學：中國哲學的心性論」學術研討，2007。

徐國華，〈湯顯祖的「至情說」和「靈氣說」再評價－兼與袁宏道的「性靈說」比較〉，《撫州師專學報》第 19 卷第 3 期，2000 年 9 月。

袁光儀，〈「為下下人說法」的儒學－李贄對陽明心學之繼承、擴展及其疑難〉，《台北大學中文學報》第 3 期，2007 年 9 月。

袁光儀，〈上上人與下下人－耿定向、李卓吾論爭所反映之學術疑難與實踐困境〉，《成大中文學報》第 23 期，2008 年 12 月。

袁光儀，〈名教與真機－耿定向、李卓吾學術論爭之本質及其意義〉，《中國學術年刊》第 31 期，2009 年 3 月。

袁光儀，〈李卓吾的「真道學」－以生命實踐為主體的儒學反思〉，《成大宗教與文化學報》第 8 期，2007 年 8 月。

袁光儀，〈道德或反道德？－李贄及其「童心說」的再詮釋〉，《第三屆文學與資訊學術研討會會前論文集》，2006 年 10 月。

彭忠德，〈李贄的史論及其影響〉，《中國文化月刊》第 261 期，2001 年 12 月。

華瑋，〈世間只有情難訴—試論湯顯祖的情觀與他劇作的關係〉，《大陸雜誌》第 86 卷第 6 期，1993 年 6 月。

黃文樹,〈泰州學派的教育思想及其影響〉,《漢學研究》第 16 卷第 1 期,1998 年 6 月。

黃莘瑜,〈論中晚明情觀於社會經濟視野下的所見與侷限〉,《清華學報》第 38 卷第 2 期,2008 年 6 月。

楊祖漢,〈羅近溪的道德形上學及對孟子思想的詮釋〉,「理解、詮釋與儒家傳統」國際研討會,中央研究院中國文哲研究所,2006。

楊祖漢,〈羅近溪思想的當代詮釋〉,《鵝湖學誌》第 37 期,2006 年 12 月。

楊國榮,〈從現成良知說看王學的衍化〉,《哲學與文化》第 17 卷第 7 期,1990 年 7 月。

楊國榮,〈晚明心學的衍化〉,《孔孟學報》第 75 期,1998 年 3 月。

楊儒賓,〈主敬與主靜〉,《台灣宗教研究》第 9 卷第 1 期,2010 年 6 月。

楊儒賓,〈變化氣質、養氣與觀聖賢氣象〉,《漢學研究》第 19 卷第 1 期,2001 年 6 月。

楊儒賓,〈觀天地生物氣象〉,發表於「儒家哲學的典範重構與詮釋」國際研討會,東吳大學哲學教學與研究中心、哲學系主辦,2007。

溫愛玲,〈從雙溪經典觀看李卓吾之「童心說」─析論「童心說」對於王學之繼承與發展〉,《東方人文學誌》第 2 卷第 4 期,2003 年 12 月。

潘麗珠,〈明代曲論中的「情」論探索〉,《國文學報》第 23 期,2004 年 6 月。

鄧克銘,〈李卓吾四書評解之特色:以「無物」、「無己」為中心〉,《文與哲》第 13 期,2008 年 12 月。

鄭毓瑜,〈詮釋的界域─從詩大序再探「抒情傳統」的建構〉,《中國文哲研究集刊》第 23 期,2003 年 9 月。

蕭義玲,〈李贄「童心說」的再詮釋及其在美學史上的意義〉,《東華人文學報》第 2 期,2000 年 7 月。

蕭裕民，〈王陽明思想中一個應被重視的部分—「樂」〉，《興大中文學報》第 17 期，2005 年 6 月。

戴璉璋，〈湯顯祖與羅汝芳〉，《中國文哲研究通訊》第 16 卷第 4 期，2006 年 12 月。

謝居憲，〈羅近溪對「仁」的詮釋〉，《揭諦》第 17 期，2009 年 7 月。

羅麗容，〈論湯顯祖「主情說」之淵源、內涵與實踐〉，《古典文學》第 15 期，2000 年 9 月。

釋聖嚴，〈密教之考察〉，《普門雜誌》第 38 期，1982 年 11 月。

四、博碩士論文

李沛思，《從工夫論看羅近溪思想之特色》，桃園：中央大學中國文學研究所碩士論文，2005。

林月惠，《良知學的轉折－聶雙江與羅念菴思想之研究》，台北：台灣大學中國文學研究所博士論文，1995。

林其賢，《李卓吾研究初編》，台北：東吳大學中國文學研究所碩士論文，1980。

林宜蓉，《中晚明文藝場域「狂士」身分之研究》，台北：台灣師範大學國文研究所博士論文，2002。

孫永龍，《李贄及其童心說研究》，屏東：國立屏東教育大學中國語文學系碩士論文，2007。

袁光儀，《晚明極端個人主義的「聖人之學」——「異端」李卓吾新論》，台北：國立台灣師範大學國文學系博士論文，2005。

陳清輝，《李贄思想探微》，高雄：國立高雄師範大學國文學系博士論文，1998。

黃文樹，《李贄教育思想之研究》，高雄：國立高雄師範大學教育研究所碩士論文，1992。

黃莘瑜，《網繭與飛躍之間——論湯顯祖之心態發展歷程及其創作思

維》，台北：台灣大學中國文學研究所博士論文，2007。

楊晉綺，《晚明文化論述中「倫理」與「審美」論題之交涉及審美意識之開展》，台北：國立台灣師範大學國文學系博士論文，2005。

劉季倫，《李卓吾的思想之研究》，台北：國立台灣大學歷史研究所碩士論文，1988。

蕭敏材，《羅近溪思想研究》，桃園：中央大學中國文學研究所碩士論文，2000。

謝居憲，《羅近溪哲學思想研究》，桃園：中央大學哲學研究所博士論文，2008。

藍蕙瑜，《百姓日用與聖人之道－羅近溪哲學思想》，桃園：中央大學哲學研究所碩士論文，1999。

魏妙如，《李贄的思想和史學》，台中：東海大學歷史研究所碩士論文，1990。

國家圖書館出版品預行編目資料

從羅近溪「一陽之氣」到李贄、湯顯祖文藝思想
——以中國氣論爲研究進路看古典文論

張美娟著. - 初版. - 臺北市：臺灣學生，2011.10
面；公分

ISBN 978-957-15-1546-5 (平裝)

1. 中國古典文學 2. 文學哲學 3. 文學評論

820.1   100019200

從羅近溪「一陽之氣」到李贄、湯顯祖文藝思想
　——以中國氣論爲研究進路看古典文論 (全一冊)

著　作　者：張　　　　美　　　　娟
出　版　者：臺 灣 學 生 書 局 有 限 公 司
發　行　人：楊　　　　雲　　　　龍
發　行　所：臺 灣 學 生 書 局 有 限 公 司
　　　　　　臺北市和平東路一段七十五巷十一號
　　　　　　郵 政 劃 撥 帳 號 ： 0 0 0 2 4 6 6 8
　　　　　　電 話 ： (0 2) 2 3 9 2 8 1 8 5
　　　　　　傳 眞 ： (0 2) 2 3 9 2 8 1 0 5
　　　　　　E-mail：student.book@msa.hinet.net
　　　　　　http://www.studentbook.com.tw
本　書　局　登
記 證 字 號：行政院新聞局局版北市業字第玖捌壹號
印　刷　所：長 欣 印 刷 企 業 社
　　　　　　新北市中和區永和路三六三巷四二號
　　　　　　電 話 ： (0 2) 2 2 2 6 8 8 5 3

定價：新臺幣二五〇元

西 元 二 〇 一 一 年 十 月 初 版

82033

臺灣學生書局 出版

中國文學研究叢刊